生活筆記

五星級麵疙瘩

我愛烹飪，那是一種生活樂趣。

把各種食材、配料組合在一起，然後再加上適當的火候和調味，做好之後盛放在莊重的陶瓷盤裡，完美地呈現色、香、味！感覺上如同是在創作一幅畫，先有了發想，然後找素材，接著開始執行，過程之中充滿變數和挑戰，完成之後又能與人分享，自己分析出這樣的共通點，也讓我更加樂此不疲。

但是必須先坦白，在三十歲以前，我也曾經是個吃飯不知米價的伸手牌飼料雞，沒洗過米，沒下過廚，分不清楚地瓜和馬鈴薯，直到我因為到海邊閉關創作，獨自面對三餐問題時，才真正覺悟到人類與獸類之間最大的不同點，除了人類有語言之外，就是「人類會烹飪」。

記得有一次站在面對大海的克難小廚房，眼前就是水光瀲灩、波瀾壯闊的太平洋，手中的破菜刀正切著五花肉，早晨的陽光灑在水上、樹上、草上、瓦上和身上……四野無人，靜得凝結，

木納的我竟然在此時不自覺地哼出了無名的曲子，心裡突然激動起來。那是一種多麼自然的心靈反應啊，被部分塵垢壓抑的真性情，竟然會在這樣一處景象之中坦誠表白，感覺眼角有水珠滑落了……那次閉關除了重新領悟到創作的純真之外，更讓我找到一種喜悅，那就是烹飪！

我現在會做的菜，東南西北也湊得上幾十種吧！主體上還是以自己愛吃的為優先學習料理，像是咖哩雞、紅燒獅子頭、五味炸醬、濃香番茄湯、臘味菜飯……等，只要是吃過覺得變合胃口的，都會特別留意，一逮到機會就先排入實驗計畫！

有一次從食譜上看到了感覺很不錯的「五星級麵疙瘩」！此前總認為把麵粉加水攪成泥狀，再澆入滾水中就行了，但是在這篇指導上學到的真正做法，其實是麵粉攪拌時要加鹽，可以讓麵糊更有延展性，吃起來也更有口感和彈性；而且在形成長條狀麵團之後，還要先泡在冷水中，會讓做出來的麵疙瘩更光滑順口。

其實，每一種料理都有它必要的準則，只要把握住重點，其他的也就是自由發揮了。例如在湯頭方面，就可以選擇自己愛吃的食材，像我最近就以廣州的乾貝為鍋底，再加上噴汁福州丸，或是調入一些味噌，起鍋前撒些油蔥和蔬菜，哇！嗯！喔！呵！熱騰騰香噴噴的「五星級麵疙瘩」就上桌了，真的是人人喊讚，一碗接一碗搶。我還打算有機會的時候，把會做的菜用漫畫表現出來，出版成漫畫食譜！

啊！對於仍然處在天天被催稿狀態的我，實在是想太多了……

目錄

生活筆記：五星級麵疙瘩

感受篇

喜怒哀樂要明辨，情感表達才真切。

望洋興嘆

⊙比喻大開眼界或無技可施。

出處　《莊子・秋水》：「河伯始旋其面目，望洋向若而歎。」若，海神。仰視海神，河伯感到自己的渺小。《孫文學說・知行總論》：「始則欲求知而後行，及其知之不可得也，則惟有望洋興歎而放去一切而已。」歎，通「嘆」。

踟躕不前
ㄔˊ ㄔㄨˊ ㄅㄨˋ ㄑㄧㄢˊ

⊙因為猶豫不決,所以徘徊不敢前進。

我想去人間當歌星,但是沒信心。

你踟躕不前,怎麼會成功呢?

唱一曲給我聽。

我陪你下凡,打天下。

OK

你反悔了嗎?

有點兒「踟躕不前」。

出處　踟躕,音ㄔˊ ㄔㄨˊ,徘徊不前。也可以寫做「躑躅」,音ㄓˊ ㄓㄨˊ,與「踟躕」義同。宋‧郭茂倩《樂府詩集‧陌上桑古辭》:「使君從南來,五馬立踟躕。」

8

莫衷一是

ㄇㄛ · ㄓㄨㄥ · ㄧ · ㄕ

⊙形容對事物有不同的看法，很難確定哪個見解是對的。

白的

黑的

看到老虎，就想到了伏虎拳。

見到美酒，就想起了醉拳。

看到了蛇，就想起蛇形刁手。

徒弟，當你見到公雞會想起什麼功夫？

我想到炸雞腿，可樂拳和薯條掌。

出處　清·吳趼人《痛史》第三回：「諸將或言固守待援，或言決一死戰，或言到臨安求救。議論紛紛，莫衷一是。」

出處　《鏡花緣》第二十七回：「只因三代以後，人心不古，撒謊的人過多。」《二十年目睹之怪現狀》第十二回：「唉！真是人心不古，詭變百出，令人意料不到的事，儘多著呢！」

人心叵測

ㄖㄣˊ ㄒㄧㄣ ㄆㄛˇ ㄘㄜˋ

⊙人心險惡，所作所為往往出人預料。

出處

叵測：不可推測。形容人心極險惡。叵，音ㄆㄛˇ。語出《史記·淮陰侯傳》：「而人心難測也。」

刻骨銘心

ㄎㄜˋ ㄍㄨˇ ㄇㄧㄥˊ ㄒㄧㄣ

⊙對於別人的恩德或仇怨永遠地記住不忘，好像刻在骨上、銘在心中。

師父的恩澤弟子刻骨銘心。

您帶我闖江湖，使我得到金刀擂台獎！

使我成為風雲小刀魔！

您教我習武，

刻骨銘心！

花光光了。

對了！擂台獎的獎金呢？

這一點就不必刻得太用力！

語出柳宗元〈謝除柳州刺史表〉：「銘心鏤骨，無報上天。」鏤，ㄌㄡˋ，銘，刻。

12

明槍易躲，暗箭難防

⊙公開的攻擊還容易對付，暗中陷害則難於防備。

出處 此語比喻暗中陷害人的陰謀手段很難防備，提醒人要對此提高警覺。語出元·無名氏《獨角牛》第二折：「明槍好躲，暗箭難防。我暗算他！」

指年少之人積學成德，可以超越前輩先進。也用來稱讚有志氣、有作為的年輕人。後生：青年人。
畏：敬畏、敬服。語出《論語・子罕》：「後生可畏，焉知來者之不如今也。」

銘　ㄇㄧㄥˊ
感　ㄍㄢˇ
五　ㄨˇ
內　ㄋㄟˋ

⊙感激別人的恩德，深記在心，永難忘懷。

你們盜伐林地造成了土壤流失。

蔡捕頭大恩大德，我倆銘感五內……

但是我決定不送你們去官府。

請你們站在那裡當擋土牆！

不過在颱風來的時候，幫我一個小忙！

沒問題！

沒問題！

出處

銘，雕刻，永記不忘之意。五內，指心、肝、脾、肺，腎五種內臟，即指內心。明・羅貫中《粉妝樓》第八十回：「這是萬歲的龍恩，臣等銘感五內。」

他拾金不昧，令失主感激涕零！

這個社會上應該多一些這種溫暖的行為。

先生！您的包包掉了！

這包毒品弄丟了我就虧慘囉！

哇！早知道就不叫你了！

你是個大好人！

太謝謝你啦！

感激涕零。

失物

出處

零：落下。語出劉禹錫〈平蔡州〉詩：「路旁老人憶舊事，相與感激皆涕零。」

以淚洗面
ㄧˇ ㄌㄟˋ ㄒㄧˇ ㄇㄧㄢˋ

⊙形容一個人內心非常悲痛，整天只有哭泣。

毀了！

股市大崩盤！一切都毀了！

資金被套牢，房子被抵押，會錢收不到，工作也丟了！咱們沒得混啦！

老公別終日以淚洗面，人生不只是股票而已！

崩盤

終日以淚洗面，客廳都可以當游泳池囉！

哇！一件件幸福美滿的糖衣全都溶化啦！

出處　《南唐書》：「此中日月，惟終日以淚洗面耳。」

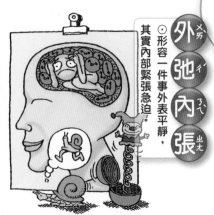

外弛內張

ㄨㄞ ㄔ ㄋㄟ ㄓㄤ

⊙形容一件事外表平靜，
其實內部緊張急迫。

聽說公司發生了很大的改變？

感謝二位的關心。

本公司的確面臨危機！

是呀！我也感覺到「外弛內張」的氣氛。

我被控告仿冒，要陪我去坐牢嗎？

老闆！我們一定會支持你的。

弛，音ㄔˊ，鬆懈。張：緊張。
用以形容外表看似平靜，但實際上卻是非常地緊張。

自暴自棄

ㄗˋ ㄅㄠˋ ㄗˋ ㄑㄧˋ

⊙用以指稱一個人不知自愛，自甘墮落。

出處 暴，傷害。棄，放棄。語出《孟子・離婁篇》：「自暴者，不可與有言也。自棄者，不可與有為也。言非禮義，謂之自暴也；吾身不能居仁由義，謂之自棄也。」

萬（ㄨㄢˋ）念（ㄋㄧㄢˋ）俱（ㄐㄩˋ）灰（ㄏㄨㄟ）

⊙一個人消極到極點，對一切事情不再存有希望。

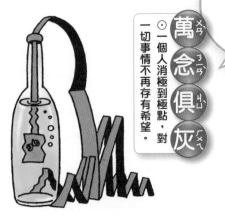

我老公得了癌症，他已經萬念俱灰。

先別灰心！

我聽說有位神醫能治癒癌症。

我去幫你查問一下。

他在嗎？

要先掛號嗎？

他得了癌症，今天去世啦！

出處　俱，都。灰，當動詞用，化成灰燼。清‧南亭亭長《中國現在記》三回：「官場上的人情，最是勢利不過的。大家見撫台不理，誰還來理我呢，想到這裡，萬念俱灰。」

七上八下
ㄑㄧ ㄕㄤˋ ㄅㄚ ㄒㄧㄚˋ

⊙心裡有事，
不得安定。

笨龜，你
在哪裡？

害得我心裡
七上八下！

下去這
麼久！

我在和小
鯊魚玩！

害得我心
裡七上八
下！

玩那麼
久還不
回家？

出處　心跳很快，一會兒上，一會兒下。形容緊張、驚慌或擔憂而心思不安。語出《朱子語類》卷一二一：「聖賢真可到，言語不誤人。今被引得七上八下，殊可笑。」《水滸傳》二十五回：「那胡正卿心頭十五個吊桶打水，七上八下。」

21

五內如焚
ㄨˇ ㄋㄟˋ ㄖㄨˊ ㄈㄣˊ

⊙形容心中極為焦慮，有如火燒五臟。

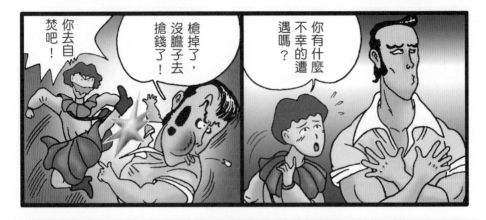

出處　五內：指五臟。焚：燒。用以形容非常哀痛的樣子。也作「五內俱焚」、「五內俱崩」。
黃小配《二十載繁花夢》：「據弟打聽，非備款百萬，不能了事。似此從何籌畫？前數天不見兄長覆示，五內如焚。」

如坐針氈（ㄖㄨˊ ㄗㄨㄛˋ ㄓㄣ ㄓㄢ）

⊙形容一個人所處的境況非常窘迫，心神不寧，就像坐在插著針的氈子上一般。

小時候排隊等候打針時「如坐針氈」。

求學時拿爛成績給老爸看時「如坐針氈」。

上班被老闆訓話時「如坐針氈」。

親愛的，拜託你養寵物挑個沒刺的吧！

出處
《三國演義》第六十六回：「旦夕如坐針氈，似此為人，不如早亡！」
《兒女英雄傳》第十回：「不料安公子倒再三的一推辭，他聽著如坐針氈，正不知這事怎的個收場，只是不好開口。」

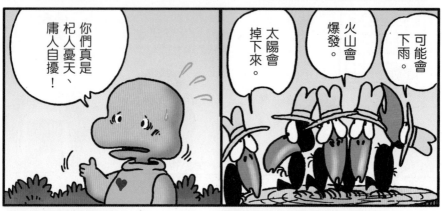

 出處 有位杞國人擔心天崩塌下來，沒有安身之名，煩惱得吃不下睡不著。《列子・天瑞》：「杞國有人憂天地崩墜，身亡所寄，廢寢食者。」杞，音ㄑ一ˇ，古代小國名。周武王克商，封禹後東樓公於杞，後為楚所滅。《幼學瓊林・天文》：「心多過慮，何異杞人憂天。」

牽腸掛肚
ㄑㄧㄢ　ㄔㄤˊ　ㄍㄨㄚˋ　ㄉㄨˋ

⊙形容十分惦念而放心不下。

皮皮，為何一副苦瓜臉呢？

我養的青蛙不見了！

小孩子就是小孩子。

為了一隻青蛙牽腸掛肚。

我是不是快完蛋了？

只是被嚇到！

你不必牽腸掛肚。

出處　語出鄭廷玉《冤家債主》四折：「張善友牽腸掛肚，怎下的眼睜睜生死別路。」

25

魂不守舍
ㄏㄨㄣˊ ㄅㄨˋ ㄕㄡˇ ㄕㄜˋ
⊙ 精神恍惚不安的樣子。

小甲，瞧你！魂不守舍的樣子！

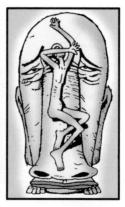

她來了！

鼓起勇氣和她說話！

我暗戀乙小姐，卻又不敢開口。

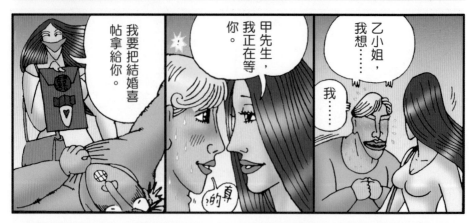

我要把結婚喜帖拿給你。

甲先生，我正在等你。

乙小姐，我想……我……

真的？

出處　《三國志・管輅傳》裴松之注引《輅別傳》：「何之視侯，則魂不守宅，血不華色，精爽煙浮，容若槁木，謂之鬼幽。」因魂魄居於人身，故曰守舍。「魂不守舍」用以形容人心神恍惚，與「心不在焉」義同。

 出處

六親，指六種親屬關係。

《史記・管晏列傳》：「倉廩實而知禮節，衣食足而知榮辱，上服度則六親固。」

倉廩，儲藏米穀的地方。

心⊙懷一鬼個胎人
ㄒㄧㄣ ㄏㄨㄞˋ ㄍㄨㄟˇ ㄊㄞ

⊙一個人的心裡有不可告
人的陰謀。

日軍心懷
鬼胎，表
面談和，
暗中調
兵。

太好
了！

這對我方
有極大的
幫助。

大家都是
鄉親，這
份情報就
算十萬元
吧！

哼！

提起這
情報費！

小日本上個月
欠我五百萬還
在賴賬。

哇！說漏
嘴了！

心懷鬼
胎的漢
奸！

出處

《水滸傳》第八回：「兩個公人懷著鬼胎，各自要保性命。」鬼胎，害人的壞主意。形容一個人心
裡抱著壞念頭，或者有不可告人的陰謀詭計，意思是說，存心不良。

出處　《左傳‧僖公二十六年》：「晉侯（孝公）曰：『室如縣罄，野無青草，何恃而不恐。』」

居心叵測

⊙形容人心存奸詐，難以
猜測。

老闆怎
麼會鼻
青臉腫
的？

他找我麻煩，
我就寄女人
照片去他
家。

被他老婆
打的。

你怎麼
知道？

你被開除
啦！

居心叵測
的傢伙！

老闆娘
就會為我
出氣
……

叵，讀ㄆㄛˇ，不可的意思。清‧薛福成《代李伯相三答朝鮮國相李裕元書》：「近察日本，行事乖
謬，居心叵測。」亦作心懷叵測。

⊙比喻像禽獸般惡毒的人。

狼（ㄌㄤˊ）心（ㄒㄧㄣ）狗（ㄍㄡˇ）肺（ㄈㄟˋ）

你有看到我徒弟嗎？

他偷走了我的武功祕笈。

師門不幸！

教出這種狼心狗肺的傢伙。

孽徒！你二十年前偷走了我的武功祕笈！

孽徒！你二十年前偷走了我的武功祕笈！

煩不煩！你們都是狼心狗肺的一窩爛貨！

 出處

比喻人心腸歹毒殘暴，如同禽獸一般。

《醒世姻緣》：「那劉振白本是個狼心狗肺的人，與人也沒有久長好的。」

江湖上人人稱我是「笑中刀」。

笑，可以減低對手的心防。

「笑裡藏刀」正是我的絕技。

嗚嗚嗚…

嗚嗚嗚…

嗚嗚嗚…

哇哈哈！原來是「哭中搥」。

姑娘這麼傷心，是被誰欺負了嗎？

出處　比喻一個人外貌和善，內心陰險狠毒。與「口蜜腹劍」同。語出《唐書・李義府傳》：「李義府貌柔恭，與人言，嬉怡微笑，而陰賊褊忌著於心，凡忤意者皆中傷之，時號義府笑中刀。」陰賊，內心狠毒。褊，音ㄅㄧㄢˇ，褊忌，心胸狹小，好忌妒他人。

 不仁，見《後漢書‧班超傳》：「兩手不仁。」不仁，沒有知覺。麻木，病名，痲痺。原謂人失去知覺。用來斥責人的感情冷酷，對於別人的苦痛毫不同情。

感受篇

詭計多端
ㄍㄨㄟˇ ㄐㄧˋ ㄉㄨㄛ ㄉㄨㄢ

◎形容狡猾，欺騙的計謀多。

比猜拳，誰輸誰請客！

你已經連輸六次了！

你不可以賴皮！

哦！

來！來！來！今天我大請客！

詭計多端……

不要客氣，能吃就盡量吃！

肉丸子 歡迎試吃

 出處　端：方面，種類。語出羅貫中《三國演義》第七回：「（姜）維詭計多端，詐取雍州。」

爾虞我詐

⊙兩方面彼此欺騙，勾心鬥角。

心 ㄒㄧㄣ
虞 ㄩˊ
我 ㄨㄛˇ
詐 ㄓㄚˋ

現代的社會人心險惡，「爾虞我詐」。

我買到假錶，但是老闆硬是不承認。

你可以去消基會告他詐欺！

我若告他，我自己也倒楣。

為什麼？

我給的是假鈔。

出處

虞，ㄩˊ，欺。指彼此互相詐欺玩弄手段，可用以形容人心的險惡。與「鉤心鬥角」義同。語出《左傳・宣公十五年》：「宋及楚平，華元為質，盟曰：『我無爾詐，爾無我虞。』」注：「楚不詐宋，宋不備楚。」

綿（ㄇㄧㄢˊ）裡（ㄌㄧˇ）藏（ㄘㄤˊ）針（ㄓㄣ）

⊙形容一個人外柔內剛，也比喻外貌和善內心刻毒。

低垂的稻穗是豐實的，習武的人更應該謙虛。

所以你要領悟「綿裡藏針」的真諦。

光是靠表面功夫是難成大器的。

正牌「綿裡藏針」的人。

哇！誰把針插在綿墊上？

痛

大
驚
小
怪

ㄉㄚˋ
ㄐㄧㄥ
ㄒㄧㄠˇ
ㄍㄨㄞˋ

⊙形容人遇事慌張或誇大驚恐。

出處

宋・朱熹〈答林擇之書〉：「要須把此事來做一平常事看，朴實頭做將去，久之自然見效，不必如此大驚小怪，起模畫樣也。」

不可思議

ㄅㄨˋ ㄎㄜˇ ㄙ ㄧˋ

⊙形容事情極
為神妙，令人
無法想像。

出處 《維摩詰所說經．不思議品》：「諸佛菩薩有解脫，名不可思議。」

⊙比喻恐怖至極。

不（ㄅㄨˋ）寒（ㄏㄢˊ）而（ㄦˊ）慄（ㄌㄧˋ）

善良百姓遇到流氓橫行霸道會不寒而慄。

蔡捕頭遇到潑辣的章夫人也會不寒而慄。

無賴惡棍遇到執法如山的蔡捕頭也會不寒而慄。

我老婆觸電啦！

還會有更可怕的東西使她不寒而慄嗎？

出處 《漢書・義縱傳》：「是日皆報殺四百餘人，郡中不寒而栗。」
《楊惲傳》：「眾毀所歸，不寒而慄。」慄，古作「栗」，顫抖的意思。

毛ㄇㄠ 骨ㄍㄨ 悚ㄙㄨㄥ 然ㄖㄢ

⊙形容內心十分恐懼。

我們去看恐怖電影。

好耶！

僵屍家族

今天放映

哇 WA

啊啊啊啊

JUMP

你可別嚇得哇哇叫哦！

MONEY

哈哈哈哈！看你這副毛骨悚然的模樣。

我是被他的毛骨悚然的樣子嚇著的。

嘩嘩哇

出處　《西遊記》第十回：「龍王見說，心驚膽戰，毛骨悚然。」《儒林外史》第二十五回：「幾句說得兩個書辦毛骨悚然，一場沒趣，扯了一個淡，罷了。」亦作「毛骨竦然」、「毛骨聳然」、「毛髮悚然」。

出人
意表

⊙事情發生得出
乎意料之外。

熱天吃冰棒
真享受。

啊！
兩個貪吃
的傢伙出
現了。

嘿嘿！藏在
背後別給他
們發現了。

瞧他
暴跳如
雷的樣
子。

出人意
表！後
面也有
埋伏！

出
處　《隋書》：「多出眾人意表。」意指事情發生在眾人的預料之外。

你的作文程度將來可以當大文豪⋯⋯

受寵若驚！

為了鼓勵你繼續努力，我請你看電影。

可以當大文豪的工友！

原來又是看電影的廣告。

教授請看電影！我真是受寵若驚啦！

今日放映

出處 《老子》：「得之若驚，失之若驚，是謂寵辱若驚。」《老子》，書名又名《道德經》，李耳所作，凡五千言主張效法自然、守柔、無為、不爭。李耳，字伯陽，謚聃，周朝大哲學家，道家始祖。

⊙沒有看清楚事實真相，內心便產生恐慌。

杯弓蛇影

老師說，回家的路上要小心可疑的陌生人。

請你等一下。

他叫我做什麼？

你別跑呀！

喂！

呀！

快點溜

天哪！他抓住我了！我完蛋啦！

小妹妹，你的鑰匙掉了。

……

出處

《晉書‧樂廣傳》：「嘗有親客，久闊不復來，廣問其故，答曰：『前在坐，蒙賜酒，方欲飲，見杯中有蛇，意甚惡之，既飲而疾。』」故事是說樂廣有位常客，好久沒來了，朋友不肯前來，原來疑杯中有蛇，其實此乃牆上掛弓的影子。

43

非我族類

ㄈㄟ ㄨㄛˇ ㄗㄨˊ ㄌㄟˋ

⊙用來指稱和自己不同類的人。

我是龐克族。

我是嬉皮族。

我來主持公道吧！

談論「非我族類」的問題嗎？

你才是娘娘腔。

你真是大怪胎！

都成了「癩痢族」啦！

留點力氣貢獻社會吧！

你們都屬於「大敗類」！

出處 《左傳》：「非我族類，其心必異。」意思是跟我不同種族的人，他的心思一定和我不同。

風聲鶴唳
ㄈㄥ　ㄕㄥ　ㄏㄜˋ　ㄌㄧˋ

⊙形容人因為疑懼，任何聲響都會引起害怕。

師兄，我聽到很奇怪的聲音。

風聲鶴唳。

別因為緊張而失去了判斷力。

大頭呆把虎吼聽成是鶴叫聲。

風聲鶴唳。

什麼聲音？是武松出來打虎了嗎？

咔！

出處　唐・房玄齡《晉書・謝玄傳》：「聞風聲鶴唳，皆以為王師已至。」淝水大戰，符堅軍敗，士兵一個個「聞風聲鶴唳」，都以為後有追兵。

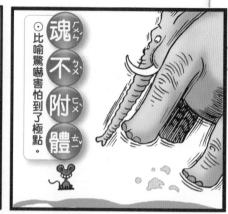

 出處　語出《金瓶梅》第八十七回：「那婦人嚇得『魂不附體』，只得從實招說。」比喻驚嚇害怕到了極點。與「魂飛魄散」義同。

46

噤若寒蟬

ㄐㄧㄣˋ ㄖㄨㄛˋ ㄏㄢˊ ㄔㄢˊ

⊙受到威脅或驚嚇，一句話也說不出來。

拿蟑螂去嚇一嚇黑貓！

被嚇得噤若寒蟬！

惡作劇！

嘻！

被大隻的嚇得噤若冬蛙！

嚇你！

出處 噤，ㄐㄧㄣˋ，閉口不言。寒蟬，似蟬而較小，遇寒則不鳴。多用以比喻人受威嚇之後，不敢言語的樣子。語出《後漢書‧杜密傳》：「劉勝位為大夫，見禮上賓，而知善不薦，聞惡無言，隱情惜己，自同寒蟬，此罪人也。」

瞠目
結舌

⊙形容驚訝恐懼的樣子。

偷偷把燈關掉嚇她們。

哈哈哈哈！膽小鬼嚇得瞠目結舌！

你才是膽小鬼！

你為何瞠目結舌？

開燈而已，

旁邊多了一個東西！

 出處　瞠目：瞪著眼看。結舌：講不出話來的樣子。語出陸游〈醉歌詩〉：「倒醉村路兒扶歸，瞠目不識問是誰。」齋園主人《夜談隨錄》：「公子大駭，入艙隱叩細君，細君結舌瞠目。」

驚弓之鳥

⊙比喻曾受到打擊或驚嚇，心有餘悸，稍有動靜就害怕的人。

遭到伏擊的日軍，有如驚弓之鳥。

BOON!

被警方取締的攤販有如驚弓之鳥。

昊豆漿

原來這樣就稱為「驚弓之鳥」。

我們家裡就有一隻現成的「驚弓之鳥」。

老爸！出版社來催稿啦！

出處

比喻曾遭禍患，再遇類似事故時，非常膽怯驚駭。語出《晉書·王鑒傳》：「黷武之眾易動，驚弓之鳥難安。」黷，音ㄉㄨˊ，貪得無厭之意。黷武，指好濫用兵力作戰。

我是冒險王。

我經常表演一些驚世駭俗的特技。

騎機車，飛越五十輛巴士。

哇！撞得稀爛！

坐輪椅飛越五十層高樓。

我是冒險王。

不會因為小挫折，而喪失冒險精神。

出處

駭，驚懼害怕。駭俗，使世俗之人驚異懼怕。宋・朱熹《答陳抑之》：「勤勞半世，汩沒於章句訓詁之間，黽勉於規矩繩約之內，卒無高奇深眇之見可以驚世而駭俗。」

50

成語字謎 1

難度 ☆☆

親愛的讀者，看完一連串的成語漫畫故事後，你記得了幾個成語呢？現在就來測驗一下吧！下頁表格每四格組成一則成語，共有16組成語，每則缺一字，請幫幫忙把缺字補起來吧！

下方有提示喔！

成語填字

[1]後		[5]風	聲	[9]外		[13]狼	
可	畏		喉	內	張	狗	肺
[2]不	寒	[6]人	心	[10]	親	[14]噤	若
而		不		不	認	寒	
[3]笑	裡	[7]爾	虞	[11]	人	[15]杯	弓
藏		詐		憂	天		影
[4]萬	念	[8]望		[12]銘	感		[16]弓
俱		興	嘆	內		之	鳥

提示：

1. 後輩的成就常能超越前輩，讓人敬畏。
2. 形容內心很恐懼。
3. 比喻外貌和善，內心卻陰險。
4. 所有念頭全化成了灰，心灰意冷的意思。
5. 一點風吹草動都會引起驚慌。
6. 今人已失去古人的淳樸。
7. 彼此間鉤心鬥角互不信任。
8. 個人能力無法勝任而感到無奈。
9. 表面沒事，內心卻很緊張。
10. 形容對人不留情面。
11. 無謂的憂慮。
12. 形容非常感激。
13. 比喻心腸狠毒。
14. 形容不敢說出心裡的話。
15. 被不存在的事情嚇到。
16. 比喻曾受過打擊，只要稍有動靜就擔心受怕的人。

（這些答案放在 P.7-50 喔！你記得該怎樣翻到那裡嗎翻一下吧！）

答案：1.後生可畏、2.不寒而慄、3.笑裡藏刀、4.萬念俱灰、5.風聲鶴唳、6.人心不古、7.爾虞我詐、8.望洋興嘆、9.外弛內張、10.六親不認、11.杞人憂天、12.銘感五內、13.狼心狗肺、14.噤若寒蟬、15.杯弓蛇影、16.驚弓之鳥

包山包海一手抓，柴米油鹽醬醋茶。

生活篇

仰（一ㄤˇ）人（ㄖㄣˊ）鼻（ㄅㄧˊ）息（ㄒㄧˊ）

⊙比喻靠著別人的庇護過活，不能自主。

每天都得做一大堆的事。

城裡的生活更加倍的仰人鼻息。

我要出去獨立生活。

受夠了這種仰人鼻息的日子。

回家吧！

還是師父的鼻息最溫暖。

身無分文，飢寒交迫，流落街頭。

出處

《後漢書・袁紹傳》：「孤客窮軍，仰我鼻息，譬如嬰兒在股掌之上，絕其哺乳，立可餓殺。」

鼻息，呼吸也。依賴別人的鼻息，維持自己的生命。比喻依靠別人生活，一切須仰賴別人，不能自主。

54

衣-
食ㄕˊ
父ㄈㄨˋ
母ㄇㄨˇ

⊙泛指所仰賴以為生活的人。

顧客就是我們的衣食父母。

是。

你是新來的，一定要善待客人！

是。

客人來了！快去招呼吧！

是。

爸爸好，媽媽好，你們要吃些什麼？

出處

用以指稱生活所依賴的對象，也就是讓你有錢賺，可以解決衣食等生活所需的人。元刻《古今雜劇・關漢卿・竇娥冤》：「張千：『相公，他是告狀的，怎生跪著他？』丑：『你不知道，但來告狀的，就是我衣食父母。』」

55

生活篇

疲於奔命
ㄆㄧˊ ㄩˊ ㄅㄣ ㄇㄧㄥˋ

⊙形容為了應付繁雜事務而奔忙勞苦。

出處　形容事務繁忙得應付不過來。疲：疲乏、勞累。奔命：奉命奔走。語出《左傳·成公七年》：「余必使爾罷（疲）於奔命以死。」

包將軍馬不停蹄率軍北伐。

馬ㄇㄚˇ 不ㄅㄨˋ 停ㄊㄧㄥˊ 蹄ㄊㄧˊ

⊙比喻忙碌奔波，沒有休息。

彎月族也馬不停蹄馳往前線。

東奔西跑太無聊。

馬不停蹄真是累呀！

於是，和平了。

罷工啦！！

喂！回來

拜託！回來

出處 元‧王實甫《麗春堂》第二折：「贏的他急難措，打的他馬不停蹄。」《隋唐演義》第十四回：「叔寶歸心如箭，馬不停蹄，兩三日間，竟奔河東潞州。」

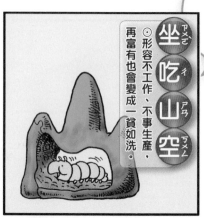

坐吃山空
ㄗ ㄨ ㄔ ㄕ ㄢ ㄎ ㄨ ㄥ

◎形容不工作、不事生產，再富有也會變成一貧如洗。

火焰山

懶牛！快下山找糧食，要坐吃山空嗎？

可是我想吃牛排！

火焰山

鐵扇，你吃點草吧！

這才叫做「坐吃山空」。

火焰山

哇！連我的肉都想吃？

火焰山

出處

用以形容不事生產，只知吃喝享受、以致貧乏。
語出《京本通俗小說‧錯斬崔寧》：「姐夫，你須不是這等算計，坐吃山空，立吃地陷。」

58

杯水車薪

ㄅㄟ ㄕㄨㄟ ㄔㄜ ㄒㄧㄣ

⊙比喻力量太小，根本解決不了問題。

快救火火呀！

失火啦！

你這是杯水車薪！

救火呀！

你拿一杯水幹什麼？

看能不能把火吹熄。

你一直吹氣幹什麼？

出處　用一杯水去救一車燃燒著的柴草。比喻以極少的財物來救大災難，效力小，無濟於事。語出《孟子·告子上》：「今之為仁者，猶以一杯水，救一車薪之火也。」薪，柴草。

59

披星戴月

ㄆㄧ ㄒㄧㄥ ㄉㄞˋ ㄩㄝˋ

⊙形容夜間趕路，或形容
日夜辛勤工作。

披星戴月
到阿里山
看日出。

我可以
帶路。

兩位是來
看日出
的吧！

糟糕！天氣
突然變了。

這是兄弟們
披星戴月拍
出來的。

可以！

可以！

當然可以！

下雨天
能看到
日出嗎？

阿里山日出奇景

保證原版

一人伍万

日出大飯店

出處

《呂氏春秋》：「巫馬子期，亦為單父宰，披星出，戴月入，日夜不居，以身親之，而單父亦治。」
春秋時，魯國人巫馬子期，接任單父縣官，工作認真，天未亮便披著星光出門，一直到月高掛天上
才回來，把單父治理得很好。此語形容早出晚歸或做事勤勞。

杳如黃鶴 一ㄠˇ ㄖㄨˊ ㄏㄨㄤˊ ㄏㄜˋ

⊙表示某人或某事一去再也不見蹤影。

老哥！你終於回來了！

老弟！

十年前離家後就杳如黃鶴，渺無音訊。

當年離家後就到賭場當打手，殺了人四處逃亡。

現在又染上了毒癮！被官府全面通緝。

你還是杳如黃鶴吧！

出處 杳，一ㄠˇ或音ㄇ一ㄠˇ，渺遠不可見。像黃鶴一樣飛走了，不見蹤影用以比喻人物一去無蹤。
語出崔顥〈黃鶴樓〉詩：「昔人已乘黃鶴去，此地空餘黃鶴樓，黃鶴一去不復返，白雲千載空悠悠。」

流星趕月
（ㄌㄧㄡˊ ㄒㄧㄥ ㄓㄠˇ ㄩㄝˋ）
◎比喻速度非常迅速。

張小飛是個飛車狂。他把愛車取名為「流星趕月」。

他騎車的速度有如「流星趕月」。

出了車禍，救護車流星趕月地將他送到醫院。

真巧！我這把刀的名字也叫「流星趕月」地！

地獄鬼卒也流星趕月地前來招魂。

出處

《醒世恆言‧吳衙內鄰舟赴約》：「吳衙內便鑽出來，因是昨夜餓壞了，見著這飯也不謙讓，也不抬頭，一連十數碗喫箇流星趕月，約莫得碗餘方緩住手。」
《負曝閒談》第九回：「出起門來，把這些人都帶在後面，幾十騎馬，猶如流星趕月一般。」

生活篇

背道而馳

⊙ 行動的方向、方法和所要求的目標完全相反。

小狗隊的球衣做白色很好看。

你們的想法都和我背道而馳！

紅色！

藍色！

我認為紅色球衣最有精神！

我覺得藍色比較適合。

每次都打輸，做了也是白做！

由老師來決定球衣的顏色吧！

出處　朝相反的道路奔馳。比喻兩者方向或目標完全相反。語見柳宗元〈楊評事文集後序〉：「其餘各探一隅，相與背馳於道者，其去彌遠。」

跋山涉水 ㄅㄚˊ ㄕㄢ ㄕㄜˋ ㄕㄨㄟˇ
⊙形容遠行艱難辛苦。

出處

跋山：翻山越嶺。涉水：蹚水過河。形容走遠路的艱辛。語出《左傳‧襄公二十八年》：「跋涉山川，蒙犯霜露。」

古（ㄍㄨˋ）色（ㄙㄜˋ）古（ㄍㄨˋ）香（ㄒㄧㄤ）

⊙形容文物富有古代高雅的色彩和風味。

您維護得真好，這個壺還有味道哩！

每件都是巧奪天工古色古香。

我今天可真是大開眼界了！

您收藏的骨董真是琳琅滿目呀。

對不起！這是本府的夜壺！

出處

古色：古器物土鏽斑駁的色彩。古香：古書畫的紙絹的特殊氣味。
《五雜俎·人部》：「然東京之筆，古色蒼然。」《洞天清錄》：「古畫色黑，或淡墨，則積塵所成，有一種古香可愛。」

流離失所
⊙形容轉徙離散，
而無安身之地。

嗚！

你怎麼會流離失所呢？

因為年紀大，被主人拋棄了！

你們看！那個女人也流離失所。

嚐到流離失所的滋味了吧！

我就是被你拋棄的！

人老了竟然被兒子拋棄！

唉！

出處 流離：流轉、失散。失所：失掉安身的地方。用以說明無處安身，到處流浪。語出《金史‧完顏匡列傳》：「今已四月，邊民連歲流離失所，扶攜道路⋯⋯」

美(ㄇㄟˇ)輪(ㄌㄨㄣˊ)美(ㄇㄟˇ)奐(ㄏㄨㄢˋ)

⊙形容建築物高大華美。

呂員外的宅邸美輪美奐！

哇！象牙做的窗戶！

虎皮拼成的地毯！

你覺得這裡的風水怎麼樣？

全都是快絕種的東西。

出處 指房屋堂皇華麗、高大寬敞。輪：有高大的意思。奐：鮮明、敞亮。多用在賀人新居落成。語出《禮記·檀弓篇》：「美哉輪焉，美哉奐焉。」

粉妝玉琢

ㄈㄣ ㄓㄨㄤ ㄩˋ ㄓㄨㄛˊ

⊙形容美麗的雪景，或形容少年男女白細的皮膚。

哇！好美麗的雪景呀！

真是晶瑩美麗，粉妝玉琢。

啊！而且是婀娜又多姿！

你是在賞雪還是在賞人？

這件雪雕做得真好。

出處 粉妝，如白粉所妝扮。玉琢，如玉所雕琢而成。可用以形容雪景之美。或形容人皮膚白細容貌清秀。通常都用在少年男女身上。語出《紅樓夢》第一回：「士隱見女兒愈發生得粉妝玉琢，乖覺可愛。」

富麗堂皇

ㄈㄨ ㄌㄧ ㄊㄤ ㄏㄨㄤ

◎形容建築物及裝潢的華貴美麗。

出處 〈張耒大禮慶成賦〉:「堂皇二儀。」富麗,盛大而美麗,堂皇,雄偉。
形容建築非常地華貴美麗或壯觀大方。

69

蓬^{ㄆㄥ} 蓽^{ㄅㄧˋ} 生^{ㄕㄥ} 輝^{ㄏㄨㄟ}

◎客氣話。表示感謝他人光臨，使自己的家門增加了光彩。

各位大俠光臨，使得本院蓬蓽生輝。

蓬蓽真的會生輝嗎？

那是歡迎客人的客氣話。

再多邀一些來賓可以增加更多光彩。

歡迎光臨！

請進！

各位的駕到使得本院蓬蓽生輝。

咦？師父為何臉色發白？

出處

明‧王世貞《鳴鳳記》第二齣：「此處就是家下，得兄光顧，蓬蓽生輝，先去打掃草堂迎候。」蓬，音ㄆㄥ，指蓬門，是用蓬草編成的門。蓽，音ㄅㄧˋ，指蓽戶，是用竹條和樹枝編成的窗戶。蓬蓽，指窮人所住之屋。也可寫作「蓬蓽生光」。

衣香鬢影

· 女子的穿著華貴美麗。

我是法國女裝設計師，今天舉行發表會。

模特兒們衣香鬢影，美不勝收。

哇！老鼠！

我是法國鼠裝設計師，舉行發表會。

模特兒們衣香鬢影，美不勝收。

出處 形容富貴女子裝飾華麗。陳後主樂府：「轉身移珮響，牽袖起衣香。」李賀詩：「彈琴看文君，春風吹鬢影。」
樂府為一官署之名，掌管國家祭典樂制，後人乃以樂府所採之詩稱為「樂府」。

捉衿見肘

ㄓㄨㄛ ㄐㄧㄣ ㄐㄧㄢˋ ㄓㄡˇ

⊙形容經濟情況不好，沒有辦法應付事情。

每次到了月底，總是捉衿見肘。

啊！薪水又用光啦！

喂！阿發！

借個五百塊救救急吧！

小毛你太會花錢了。

不會省點嗎？

老是用借的！

哇！我也捉衿見肘啦！

阿珠，小毛想向你借個一千塊錢……

出處　語出《莊子・讓王》：「曾子居衛……十年不製衣，正冠而纓絕，捉衿而肘見，納履而踵決。」衿，音ㄐㄧㄣ，衣服在胸前交合的部位。此語的本義是衣服一拉就破，露出胳膊手肘來的意思，可用以形容人衣衫破舊，生活窮困不蔽體的樣子。也可用來形容困難重重，顧此失彼。

玩（ㄨㄢˊ）物（ㄨˋ）喪（ㄙㄤˋ）志（ㄓˋ）

⊙指責人沉溺於玩賞喜好物，而喪失心志。

出處

玩：玩賞。喪志：喪失志氣。指一個人沉迷於某事某物而喪失了進取心。語出《尚書·旅獒》：「玩人喪德，玩物喪志……」

紈ㄨㄢˊ 袴ㄎㄨˋ 子ㄗˇ 弟ㄉㄧˋ

⊙行為輕挑的富貴人家子弟。

哇！這家的牛排一客要一萬元！

講這麼大聲！我的錢不是錢嗎？

老爸！

小意思！反正我爸爸有的是錢！

花我的錢請客！你才是紈袴子弟！

阿公！

免得被人說你是紈袴子弟！

以後要謹慎一點！

是！

出處 指不務正業、遊手好閒的富家子弟。紈袴：古代富貴人家子弟穿的由細絹做成的褲子。語出《漢書・敘傳》：「出與王、許子弟為群，在於綺襦紈袴之間，非其好也。」

74

通宵達旦
ㄊㄨㄥ ㄒㄧㄠ ㄅㄚˊ ㄉㄢˋ

⊙整個晚上一直到天亮。

對面的年輕人喝醉酒吵死人了！

通宵達旦，形骸放浪！

看了真不順眼！

報警！

對！請警察來處理！

維護安寧，人人有責。

你們通宵達旦搓麻將，也要自我檢討！

出處

此語用以指人們做某件事，整夜直到天亮。通宵，徹夜。達旦，直到天明。

《舊唐書・裴寂傳》：「聞（ㄨㄣˊ）以博弈，至于通宵連日，情忘厭倦。」

《漢書・劉向傳》：「夜觀星宿，或不寐達旦。」

游魚出聽
ㄧ ㄡ ㄩˊ ㄔㄨ ㄊㄧㄥ

⊙形容音樂美妙動聽，甚至能感動物類。

遠山含笑♪
綠水映小橋……♪

梁兄哥
黃梅調
唱得好
極了。

同窗三載
才知英台
原是女兒
身！
我真是
隻呆頭
鵝呀！
呆頭鵝
！

臭屁仔！
別把腳丫放在
水裡攪和！

瞧！
連魚兒
都浮出
水面
聆聽歌
聲！

出處　《荀子‧勸學篇》：「伯牙鼓琴，六馬仰秣；瓠巴鼓瑟，游魚出聽。」眾馬被伯牙琴聲所吸引，仰頭聽琴聲而不吃飼料；魚兒浮出水面，聆聽瓠巴鼓瑟的樂音。秣，音ㄇㄛˋ，馬糧草。瓠，音ㄏㄨˋ。

靡靡之音（ㄇㄧˇ ㄇㄧˇ ㄓ ㄧㄣ）

⊙指敗壞風俗，使人精神不振的音樂。

哥哥呀！妹妹呀！愛呀！愛呀！愛呀！

吵死啦！有夠爛的歌！

唱的是什麼詞？簡直是靡靡之音！

現代流行歌曲愈來愈離經叛道！

媽！您的靡靡之音請關小聲點！

塑膠股十塊三毛、銀行股五塊八毛、紡織股七塊一毛、

出處　靡，音ㄇㄧˇ。靡靡，柔弱，委靡不振。用以指稱頹廢淫逸的音樂。語出《淮南子·原道訓》：「耳聽朝歌，北鄙靡靡之樂。」

一本萬利

⊙資本小，而利潤優厚。

〈成本────〉 〈售價〉

0.05元　0.5元　10元

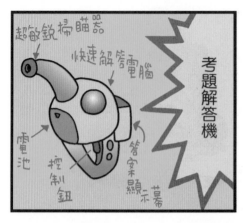

考題解答機

超敏銳掃瞄器

快速解答電腦

電池

控制鈕

答案顯示草稿

你看！

這是我未來要發明的偉大科技！

只要考生人手一機！

任何的考題都能迎刃而解！

好耶！

想要一本萬利？

先用腦袋瓜解答吧！

一支本錢五十，我們賣五千元！

哇！賺翻了！

出處

這是對商界祝頌的吉祥話，形容投資不多，而利潤卻非常豐厚。語見《歧路燈》三十四回：「張繩祖道：『……那銀子得成他的麼？只怕一本萬利，加息還咱哩。』」徐復祚《一文錢劇》：「一本萬利財源長，倉庫豐盈箱不空。」

入不敷出

ㄖㄨˋ ㄅㄨˋ ㄈㄨ ㄔㄨ

⊙收支無法平衡，
收入少而支出多。

爛電影沒人看，票房入不敷出。

薪水入不敷出。

沒有錢買戲票。

先生，進來看場電影吧！

太可憐了！你是做哪一行的？

我是這部電影的導演。

你去撞牆吧！

《清史稿‧卷四四八‧邊寶泉傳》：「入不敷出，一時強為彌補，後將何所取償？」
敷，音ㄈㄨ，足夠之意。用以形容收支無法平衡，收入少而支出多的情況。

窮呀！

窮呀！

我家窮得連米缸都見底了！

家（ㄐㄚ）徒（ㄊㄨˊ）四（ㄙˋ）壁（ㄅㄧˋ）

⊙形容一個人非常窮困，家裡除了牆壁，其餘什麼都沒有。

我家窮得只剩下四面牆壁而已了！

你真幸福！家裡竟然還有米缸！

?!

我家違建昨天才被拆，連半面壁也沒啦！

向超級窮光蛋敬禮！

唉！你們真是身在福中不知福呀！

出處

徒：只，僅僅。《史記·司馬相如傳》：「文君夜亡奔相如，相如乃與馳歸，家居徒四壁立。」
《漢書·司馬相如傳》：「相如與馳歸成都，家徒四壁立。」

馬戲團票房欠佳，眼見就要「寅吃卯糧」了。

寅吃卯糧

⊙比喻經濟不好，入不敷出，預先借支。

為了生存，值錢的動物也變賣光了。

動物賣光了用什麼來表演呢？

只有自己上吧！

他們把性命「寅吃卯糧」啦！

寅，ㄧㄣˊ。卯，ㄇㄠˇ是中國農曆紀年用的「地支」順序，「寅」為第三位，「卯」為第四位。
用以比喻人費用不足，預先透支。與「寅支卯糧」，「寅年吃了卯年糧」義同。語出《大地散記》：
「張家帽子李家戴，寅時吃膛卯時糧。」

胖師父，借我一些賭本吧！

你每賭必輸，已經債臺高築啦！

李三光！快點還錢！

救救我吧！他們是放高利貸的凶神惡煞！

大鼻仔！你欠的錢也該還啦！

原來你也是債臺高築！

出處　債臺，逃躲索債者之臺，相傳為周赧王所築。今用以形容人欠別人很多錢、負債很多。語出《漢書·諸侯王表序》：「有逃責之臺。」注：「周赧王負責，無以歸之，主迫責急，乃逃於此臺，後人因以名之。」責，古「債」字。

洋人兵臨京城，該如何是好？

鉄兩悉稱
坐ㄨ ㄌㄧㄤˇ ㄒㄧ ㄔㄥˋ

⊙雙方分量相稱，分毫不差。或雙方實力相當，不相上下。

斤　兩

洋

國庫的錢都被拿去蓋圓明園啦！

賠鉅款求和以保大清江山。

不如割地求和！比較划算，正地劃地很反多嘛！

此計甚妙！

你們倆的亡國相真是「鉄兩悉稱」。

出處　清‧王應奎《柳南隨筆》卷二：「律詩對偶，固須鉄兩悉稱，然必看了上句，使人想不出下句，方見變化不測。」
鉄，音坐ㄨ，古代重量的單位名稱。二十四鉄為一兩。悉，皆、都之意。稱，音ㄔㄥˋ，合適、相當。悉稱，都相等、相當。

篋（ㄅㄧˋ）路（ㄌㄨˋ）藍（ㄌㄢˊ）縷（ㄌㄩˇ）

⊙ 形容始創事業，艱難締造。

阿乙畫了一本叫做《篳路藍縷》的漫畫書。

內容是描述一位叫阿丙的人創業的過程。

白手起家，篳路藍縷，最後終於事業有成。

但是《篳路藍縷》的銷售並不好。

所以阿乙只好篳路藍縷地繼續奮鬥。

出處 篳路：柴車。藍縷：破舊的衣服。原指穿著破衣裳、架著柴車開發山林。後用來形容創業的艱苦。語出《左傳・宣公十二年》：「訓之以若敖、蚡冒，篳路藍縷，以啟山林。」

84

失業了！

窮得囊空如洗。

◎形容一個人很窮，口袋空空地，就像洗過一般。

囊ㄋㄤˊ 空ㄎㄨㄥ 如ㄖㄨˊ 洗ㄒㄧˇ

好厚的一疊！

嘿嘿！

我發財囉！

搶劫呀！

我最近也失業了！

窮得囊空如洗。

哇！全部都是當票！

出處 囊，用來盛物的袋子。語出杜甫〈空囊詩〉：「空囊恐羞澀，留得一錢看。」形容人很窮，口袋裡什麼都沒有，像水洗淨了一般。與「囊空羞澀」義同，均是比喻窮態。

窮（くゴーム）愁（イㄡ）潦（カㄠ）倒（カㄠ）

⊙形容一個人不得志，境況窮苦窘迫。

他以前是宮裡的大太監。

為何落得如此窮愁潦倒？

貪污腐敗被人民趕下台。

他隔壁那位也是太監嗎？

他是皇上。

出處

《漢書・王莽傳》：「四方皆以饑寒窮愁，起為盜賊。」《文選・稽康・與山臣源絕交書》：「足下舊知吾潦倒粗疏，不切事情。」潦，音ㄌㄧㄠˇ。潦倒，頹廢不得志的樣子。形容一個人貧困至極，心懷愁傷，處境狼狽的狀況。

⊙形容人刻苦勵學。

囊螢
照書
ㄋㄤˊ
ㄧㄥˊ
ㄓㄠˋ
ㄕㄨ

從前有個叫車胤的人，家裡窮得沒錢買燈。

所以他就捉了許多螢火蟲，放在袋子裡，藉著微光苦讀。

車胤的精神真是令我敬佩。

如果我也效法他，師父一定會很感動的。

徒兒，你晚上讀書，為何不點燈？

我在「囊螢照書」。

可是……你抓這麼多蒼蠅做什麼？

「蠅」和「螢」都唸一ㄥˊ嘛！

 出處 《晉書・車胤傳》：「家貧不常得油，夏月則練囊（白絲絹做的袋子）盛數十螢火，以照書，以夜繼日焉。」

日食萬錢

．形容飲食極豪奢浪費。

我是香菸大王肯特，賣香菸使我成了暴發戶。

我每餐都要山珍海味滿漢全席。

反正我賺錢太容易。

啊！心臟病突然發作啦！

肯特，你在陽間日食萬錢揮霍浪費。

陰曹地府

本官判你吃百年菸草再轉世年菸草再轉世投胎。

出處　《晉書·何曾傳》：「日食萬錢，猶曰無下箸處。」何曾生活奢華，一天的吃喝就要花上萬的金錢，還說沒什麼好菜可吃。

⊙形容人享受美食時，快樂地咬嚼食物的樣子。

ㄉㄚˋ 大
ㄎㄨㄞˋ 快
ㄉㄨㄛˇ 朵
ㄧˊ 頤

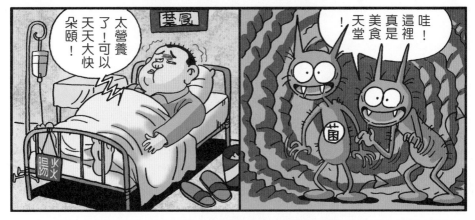

 出處　頤，一ˊ，下巴。朵頤，吃東西時腮頰活動的樣子。用以形容大吃大嚼盡情享受美味。
語出《易經‧頤卦》：「觀我朵頤。」

成語字謎 2

難度 ★★☆

親愛的讀者，書讀累了，再來做個小測驗吧！下頁的表格，同樣每四格組成一則成語，共有16組成語，每則缺一字，請再幫幫忙，把缺字補起來，也測驗一下自己的學習成果吧！

下方有提示喔！

¹跋		⁵日		⁹流	離	¹³衣	香
涉	水	食	金		所		影
²囊	空	⁶入	不	¹⁰篳	路	¹⁴粉	
如			出	縷	玉	琢	
³通	宵	⁷坐		¹¹流	星	¹⁵玩	物
旦		山	空	趕		喪	
⁴蓬	篳	⁸背	道	¹²馬	不	¹⁶	人
生		而		停		鼻	息

提示：

1. 形容行走在艱苦路途的情況。
2. 口袋空空，形容沒有錢。
3. 整晚到天亮。
4. 形容貴客來訪令主人增光。
5. 形容揮霍無度、不知節制。
6. 收入不夠支出。
7. 比喻好吃懶做而不事生產，以致家產用光。
8. 形容目標與實際走向是相反的。
9. 到處流浪，沒有固定住所。
10. 形容開創事業很艱難。
11. 比喻速度很快。
12. 到處奔忙沒空休息。形容非常忙碌。
13. 形容女子的衣著與儀態。
14. 比喻膚色白皙粉嫩。
15. 玩賞物品因此消磨人的壯志。
16. 形容依靠他人生活，不能夠自主。

（這些答案都在 P.54-89 喔！沒記的話快快翻到那邊瞧一下吧！）

答案：1.跋山涉水。2.囊空如洗。3.通宵達旦。4.蓬篳生輝。5.日食萬錢。6.入不敷出。7.坐吃山空。8.背道而馳。9.流離失所。10.篳路藍縷。11.流星趕月。12.馬不停蹄。13.衣香鬢影。14.粉粧玉琢。15.玩物喪志。16.仰人鼻息。

求學篇

寒窗苦讀不嫌苦，一舉成名萬事足。

不恥下問
ㄅㄨˋ ㄔˇ ㄒㄧㄚˋ ㄨㄣˋ

⊙一個人肯向不如他的人請教而不以為恥。

黑大俠為何喝悶酒？

想寫信，卻有一事不解。

而此事卻只有學童們才熟悉。

二十年

你應該要有不恥下問的胸襟。

請…請問…削…削鉛筆…筆…如何削…削…才不會斷？

出處 《論語‧公冶長篇》：「孔子說：『孔文子天資聰敏，又能不恥下問。』

打破沙鍋問到底

⊙ 比喻對事情的原委追問到底。

昨晚。

我和阿桃在花前月下……

然後呢？

然後呢？

接下來呢？

你快說嘛！

既然你要打破沙鍋問到底……

好吧！

就在我準備親她的小嘴時……

發現有隻蚊子停在臉上！

然後我就……

比喻對事情追根究柢。問：是甌的諧音字，指陶瓷的裂痕。語見吳昌齡《東坡夢》四折：「葛藤接斷老婆禪，打破沙鍋甌（ㄨㄣˋ）到底。」《詢萱錄》：「嘗見人知詰，必曰：『打破沙鍋問到底。』不知其說。後知：問，泰晉方言。器破而未離者謂之甌，甌問音同，故借以為言。」

94

夙夜匪懈

(ㄙㄨˋ) (ㄧㄝˋ) (ㄈㄟˇ) (ㄒㄧㄝˋ)

⊙形容一個人從早到晚，整天勤勉努力毫不鬆懈。

我從小學到大學成績都是全校第一名。

進入社會我更會夙夜匪懈地拚業績

這就是我「夙夜匪懈」努力的成就。

老闆真是怪物。

要我們加班陪他「夙夜匪懈」！

如今雖然事業有成、家財萬貫。

但是我仍然保持著「夙夜匪懈」的精神。

出處　喻人工作勤奮。

《詩經・大雅・烝民篇》：「既明且哲，以保其身，夙夜匪懈，以事一人。」夙，早。匪，同「非」，不。懈，鬆懈、怠惰。

夙興夜寐
ㄈㄨˋ ㄒㄧㄥ ㄧㄝˋ ㄇㄟˋ
⊙早上起得早，晚上睡得遲，比喻很勤勞。

阿勤是個很努力的漫畫家。

但是他的作品卻不受出版商的支持。

他仍然夙興夜寐地繼續努力創作。

辛苦熬出頭。得到了國外的最高榮譽大獎。

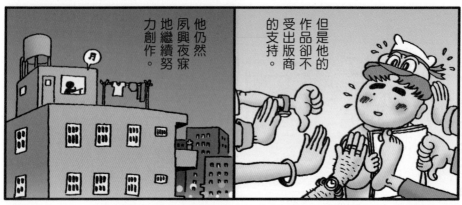

現在輪到出版商夙興夜寐地求稿了。

阿勤爺，我能見您一面嗎？

出處　《詩經‧小雅‧小宛》：「夙興夜寐，無忝爾所生。」忝，辱也，所生，指父母。全句是說要早起晚睡奮勉不懈，別辱沒了你的父母。《詩經》，為我國最早的詩歌總集，分風、雅、頌三部分。雅又分為小雅、大雅。

96

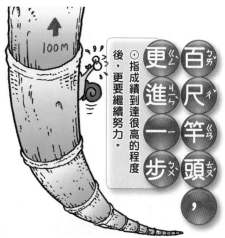

百尺竿頭，更進一步

⊙指成績到達很高的程度後，更要繼續努力。

刀法不錯，要百尺竿頭，更進一步！

書法不錯，要百尺竿頭，更進一步！

最近覺得頭暈暈的。

血壓太高了！

百尺竿頭，更進一步！

不要再亂用成語啦！

加油

出處　原為佛家語，意思是說道行雖然很深，仍須再修煉提高。用來勉勵人們不要滿足於已取得的成就，而要繼續努力，不斷前進。語見宋·釋道原《景德傳燈錄》卷十：「百尺竿頭須進步，十方世界是全身。」朱熹〈答鞏仲至書〉：「恐或可少助百尺竿頭更進一步之勢也。」

孜孜不倦

⊙從事一件事情，辛勤努力，絕不鬆懈。

孜 ㄗ
孜 ㄗ
不 ㄅㄨˋ
倦 ㄐㄩㄢˋ

維護治安要有孜孜不倦的精神。

報告！蔡捕頭我兩腿跳得發軟！

記住下次過斑馬線，要禮讓行人！

一隻烏龜也要禮讓嗎？

你有種族偏見，罰蛙跳五百下！

 出處

孜，ㄗ。孜孜，勤勉不息的樣子。用以形容人勤勞不懈。與「孜孜矻矻」同義。語出《尚書・益稷篇》：「予思日孜孜。」

刺（ち）股（ㄍㄨˇ）懸（ㄒㄩㄢˊ）梁（ㄌㄧㄤˊ）

◎形容一個人刻苦好學，非常用功，想盡辦法來振作精神。

兒子，明天就要指考了！

這孩子痛下決心，一定會考上的！

刺股懸梁，不眠不休，發憤用功。

爸！我要效法古人好學的精神。

他失血過多，病倒了，沒辦法考試！

蘇先生，你兒子今天去考試啦！

出處　王應麟《三字經》：「頭懸梁，錐刺股，彼不教，自勤苦。」刺股：原指戰國時蘇秦讀書，用錐自刺股部的故事。股，就是大腿。懸梁：取自漢代的孫敬，讀書如欲睡，乃以繩把頭髮繫於梁上。

青出於藍

⊙比喻徒弟勝過老師或後輩勝過前人。

爸！

令徒的刀法造詣愈來愈深厚。

長江後浪推前浪。

江山代有人才出。

哼！

他盡得我的真傳。

他的飯量也是青出於藍！

可不是嘛！不但刀法青出於藍。

出處　語出《荀子‧勸學篇》：「青，出於藍，而勝於藍。」青，五色之一，草木生成的顏色。藍，一年生草本植物，葉可做青色染料。此語本義是說：青色是由藍草中提煉出來的但顏色比藍草更深。引申比喻學生勝過老師。

後來居上
ㄏㄡˋ ㄌㄞˊ ㄐㄩ ㄕㄤ

⊙新進人員卻居於老前輩之上。
⊙新一代的人勝過舊一代的人。後起者超越先行者。

田徑跳遠比賽，我的成績都是最後一名，總是被別人取笑。

哇一～。

所以我用心苦練，相信有一天會後來居上，超越他們！

真是位神童呀！

打破紀錄啦！

你是明日田徑之星！

我剛才踩到釘子啦！

出處

《史記‧汲黯傳》：「陛下用群臣如積薪耳，後來者居上。」
譏諷用人不當，新進的人居於舊人之上。後多泛指新舊交替，後者勝於前者。也作「後者處上」。

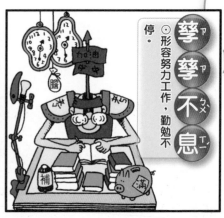

一百年來
我孳孳不
息地苦練
神龜功。

哇！請神龜
爺爺表演給
我們看！

現在
我可以
飛越五
千里的
距離！

看了之後可別
嚇破狗膽！

我要飛
越五千
里哩！

簡直就是
笨龜呆功
!!

 出處　孳，音ㄗ。孳孳，通孜孜，勤勉不息的樣子。《尚書·君陳》：「惟日孜孜，無敢逸豫。」《後漢書·魯丕傳》：「性沉深好學，孳孳不倦。」不息，不停止。此語多用以形容一個人努力工作，勤勉不輟。

102

溫(ㄨㄣ)故(ㄍㄨ)知(ㄓ)新(ㄒㄧㄣ)

◎復習已學過的知識，可以獲得新的體會。

我們這樣的做法好嗎？

師父常說讀書要溫故知新。

對了！溫故知新。

咦？好像有點不對勁！

怎麼溫了半天什麼動靜也沒有呢？

⋯⋯

出處

《論語・為政篇》：「子曰：『溫故而知新，可以為師也。』」朱熹注：「溫，尋繹也。故者，舊所聞。新者，今所得。言學時能習舊聞，而每有新得，則所學在我，而其應不窮。」

漸入佳境

（ㄐㄧㄢˋ ㄖㄨˋ ㄐㄧㄚ ㄐㄧㄥ）

⊙形容一件事情漸漸由壞轉好。

出處

多用來比喻境遇逐漸轉好，或興趣逐漸轉濃。

語出《晉書‧顧愷之傳》：「愷之每食甘蔗，恆自尾至本。人或怪之。云：『漸入佳境。』」

勵精圖治 ㄌㄧˋ ㄐㄧㄥ ㄊㄨˊ ㄓˋ

⊙在困難的環境中振作起精神把事情做好。

出處 語出呂溫〈張荊州畫像贊序〉：「樂與群下勵精圖治。」勵精，振作精神。圖治，設法把國家治理好。形容在困境中振奮精神，努力求進步、求發展。

鐵^{ㄊㄧㄝ}杵^{ㄔㄨˇ}磨^{ㄇㄛˊ}針^{ㄓㄣ}

⊙做事專心有恆，不怕辛苦，鐵杵也可磨成小針。比喻只要堅持努力，必有成就。

你沒聽過鐵杵磨成繡花針的故事嗎？

我就是故事裡最可愛的女主角。

老婆婆在做什麼呀？

磨呀！磨呀！

您的耐性真令人佩服，但是……

別把我的金箍棒當成道具啦！

出處

比喻有恆者事竟成。杵，舂穀用的棒子。諺語：「只要功夫深，鐵杵磨成針。」《潛確居類書》：「李白少讀書，未成棄去，道逢老嫗磨杵，白問其故，曰：『欲作針。』白感其言，遂卒業。」

投 ㄊㄡˊ 筆 ㄅㄧˋ 從 ㄘㄨㄥˊ 戎 ㄖㄨㄥˊ

⊙形容棄文就武，投身軍旅。

如今世局混亂，正是有志男兒報國之際。

可惜我的寶貝兒子每天飽食終日……

哼！寫字讀書有什麼用呢？

兒啊！你想通啦！要投筆從戎，為父爭光嗎？

對呀！我每天都在投筆！

出處　投：丟擲。筆：指文書生涯。從戎，從軍。語出《後漢書‧班超傳》：「超家貧，常為官傭書以供養，久勞苦，嘗輟業投筆歎曰：「大丈夫無他志略，猶當效傅介子、張騫立功異域，以取封侯，安能久事筆硯間乎！」魏徵〈述懷詩〉：「中原還逐鹿，投筆事戎軒。」

如坐春風
ㄖㄨ ㄗㄨㄛ ㄔㄨㄣ ㄈㄥ

⊙比喻受教育者受到薰陶，並感受歡喜欣悅。

蚯教授學問淵博，聽他講課感覺真愉快。

你向我學習又是什麼感覺呢？

可以用這句成語來形容我的感覺。

如坐春風

如坐春風

臭貓！你好毒！

如坐春蚯風

如坐春風

哈哈哈！你實在太會拍馬屁啦！

如坐春

出處　《二程語錄·卷十七·外傳·傳聞雜記·右見庭聞稿錄》：「朱公掞來見明道於汝，歸謂人曰：『光庭在春風中坐了一個月。』」
比喻受人薰陶，感覺歡欣愉悅，或指教導的人態度和藹，令人溫暖舒適。

出處　《論語·衛靈公篇》：「子曰：『有教無類。』」
論語，書名，係孔子與弟子及時人應答的語錄，由孔子的弟子和再傳弟子記述編輯而成。兩千多年來，人們從這部書裡了解到孔子卓越的智慧與人格，也領會到人生應有的修養與責任。

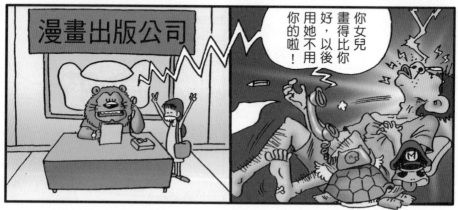

出
處

韓愈〈清河郡公房公墓碣銘〉：「生長食息不離曲訓之內，目擩耳染，不學以能。」
擩，音ㄖㄨˇ，與「濡」通。濡，音ㄖㄨˊ，習染。
朱熹〈與汪尚書〉：「爭誦其書，以求速化；耳濡目染，以陷溺其良心而不自知。」

110

孔先生作育英才，真是桃李滿門。

學生之中有的已成為大文豪。

好老師！

也有的成了大畫家。

好老師！

恩師再借弟子一千塊錢嘛！

！

恩師您最慈詳和藹了！

你又賭輸啦！

桃李滿門，難免有爛的。

出處　據《資治通鑑‧唐紀》：「或謂仁傑曰：天下桃李，悉在公門矣。」唐狄仁傑為官時，曾推薦姚元崇、桓彥範、敬暉等數十人，皆為著名賢臣。有人對狄仁傑說：「天下的桃李，都在你的門下。」狄仁傑聞言答道：「我推薦賢臣是為了國家，不是為我個人。」

111

潛移默化

ㄑㄧㄢˊ ㄧˊ ㄇㄛˋ ㄏㄨㄚˋ

⊙不知不覺中受到環境影響感化，而慢慢變好。

住在海邊，胸襟變得開朗多了。

兒子們最近乖多了！

大自然具有潛移默化的功能。

都喜歡畫畫了！

受到環境潛移默化的影響，

出處 用以形容不知不覺地受到感化而漸漸變好。語出《顏氏家訓·慕賢》：「潛移默化，自然似之。」

我的徒弟書法不錯吧！

嗯！孺子可教。

孺子 ㄖㄨˊ 子 ㄗ˙
可 ㄎㄜˇ 教 ㄐㄧㄠˋ

⊙長輩稱讚晚輩肯虛心受教，值得栽培。

喔！這幅畫也是令徒的傑作吧！

技巧雖然幼稚，不過把鴨子生蛋畫得太生動了！

那是胖師父畫的鴛鴦戲水圖。

想開點！鴨子和鴛鴦都是可愛的動物嘛！

嗚！不要安慰我了。

呱！

出處　孺子，小孩子。語出《史記・留侯世家》：「孺子可教矣。後五日平明，與我會此。」一名老人在橋上，故意將鞋子落下橋去，讓不相識的張良去替他撿。張良忍氣拾回鞋子並幫他穿上後，老人便說張良：「孺子可教矣！」

求學篇

因材施教

⊙根據學生們不同的性情、才能而做不同的指點。

請問你們收數學特別差的學生嗎？

是的，快來報名保證班！

填鴨補習班

補

怎麼還是考鴨蛋！

填鴨補習班

你們不是保證考上嗎？

本班因材施教！

媽咪！！！您不了解，其實我是非常認真的。

令郎的程度保證考上小學一年級！

指著白馬！

1+1=11

出處

《論語‧為政》「子游問孝」、「子夏問孝」《朱熹集注‧引宋程頤》曰：「子游能養而或失於敬，子夏能直義而或少溫潤之色，各因其材之高下與其所失而告之，故不同也。」孔子教育門生，皆因其材器各異而給予不同之指導，後世稱此種教育方法為「因材施教」。因，依據。

114

耳（ㄦˇ）提（ㄊㄧˊ）面（ㄇㄧㄢˋ）命（ㄇㄧㄥˋ）

⊙形容對人懇切叮嚀，一再地教導。

這本書一定要當面交給周面命先生。

師父耳提面命，一定是有原因的。

小事一樁也要囉嗦個半天。

天哪！他說的周先生是哪一家的周先生？

周家村

 出處

對不能分辨善惡的孩童，非但當面告誡教誨，且親自提其耳，望其牢記不忘。

《詩經·大雅·抑篇》：「匪面命之，言提其耳。」是說對人懇切叮嚀，殷勤教誨；對大人或小孩都可用此語。

茅（ㄇㄠˊ）塞（ㄙㄜˋ）頓（ㄉㄨㄣˋ）開（ㄎㄞ）

⊙事物經過他人指點突然開朗醒悟。

不好啦！孫悟空來救唐僧了！

面對敵人要有信心！就像啃地瓜一樣。

一隻猴子就嚇破豬膽了嗎？

來吧！笨地瓜誰怕誰呀！

大王！金言令小豬們茅塞頓開。

出處　《孟子‧盡心篇》：「則茅塞之矣。」孟子告訴人求學應不斷努力，就像山裡的小路，常常去走，就會通暢成大路。比喻經過指點突然開朗醒悟的心情。

人的智慧有高有低。理解事情也有快有慢。

因此在教育的時候要循循善誘，因材施教。

循循善誘

ㄒㄩㄣˊ ㄒㄩㄣˊ ㄕㄢˋ ㄧㄡˋ

⊙形容老師能依照學生的程度來做適當的教導。

六顆糖果平分給三個人。

一個人得兩顆。

6÷3=

數學恐懼症

別害怕！師父慢慢教你。

100－50

如果我向你借一百元，還你五十元，還剩多少元？

哇哇！師父有向我借過這麼多錢嗎？

出處　《論語‧子罕篇》：「夫子循循然善誘人。」夫子，老師。形容老師對學生啟發、教導的方法很好，都能依照適當的順序，好好地誘導人。

槍下留人哪！

是位高僧！

我佛慈悲為懷，

何不以精誠感化，頑石點頭！

他的滔天大罪恐怕天理難容！

他是南京大屠殺的日本軍人！

我親自送他下地獄！

出處 頑，指固執難以感化。比喻感化非常深刻。
出於《蓮社高賢傳》：「竺道生入虎丘山，聚石為徒，講涅盤經，群石皆為點頭。」

118

成語字謎 3

難度 ★★☆

用功的讀者們，休息一下，再來試試另一種小測驗吧！下頁的表格，共有8組成語缺了字，請大家動動腦，一起把缺字補起來吧！

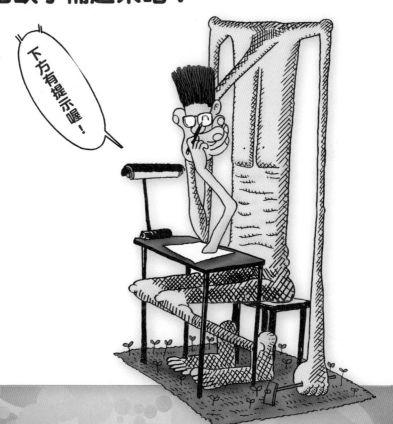

下方有提示喔！

提示：

 直

1. 勤學而不知疲倦。
2. 早起晚睡，用來比喻人很勤奮。
3. 長輩用以稱讚可造就的後輩。
4. 比喻用心教誨。

 橫

五. 不以向身分較低微的人求教為恥辱。
六. 日夜勤奮毫不鬆懈。
七. 依據受教者不同的程度，而使用不同教導方法。
八. 形容長久接觸，因此受到影響。

（這些成語謎題解答在 P93-118 喔！若答對的話表示你家團體和思想還是一流的！）

外貌形態篇

相由心生是真理，笑口常開保美麗。

令（ㄌㄧㄥˋ）人（ㄖㄣˊ）捧（ㄆㄥˇ）腹（ㄈㄨˋ）

⊙十分好笑，笑得肚子痛。

我是主持人苦瓜。

我講笑話常常令人捧腹。

瞧！我還沒開始，就已經令人捧腹了。

這位觀眾，你崇拜我的幽默感嗎？

失禮啦！實在憋不住了。

出處　清‧李綠園　《歧路燈》第七十九回：「耍醜的掉舌鼓唇，令人捧腹。」捧腹，因為笑痛了，所以用手抱著肚子。

劉鶚《老殘遊記‧明湖居聽書》：「王小玉便啟朱唇，發皓齒，唱了幾句書兒。」形容美人唇紅齒白，面貌姣好。

老氣橫秋

⊙形容一個人自以為經驗豐富，驕傲自貌。也形容人暮氣沉沉，沒有朝氣。

 出處

孔稚珪〈北山移文〉：「霜氣橫秋。」
杜甫〈送韋評事詩〉：「老氣橫九州。」老氣，老練的神氣和態度。橫秋，秋氣瀰漫。蓋秋氣肅殺，人的意氣猶勁峭厲者與秋氣相似，故相聯而成此語。

形容枯槁

ㄒㄧㄥˊ ㄖㄨㄥˊ ㄎㄨ ㄍㄠˇ

⊙形體消瘦，面容憔悴。

 出處　指一個人的形體消瘦，面容憔悴。形容：容貌。枯槁：憔悴。語出《戰國策・秦策》：「形容枯槁，面目黧黑，狀有歸（愧）色。」

125

《莊子齊物論》：「毛嬙，麗姬，人之所美也；魚見之深入，鳥見之高飛，麋鹿見之決驟。四者孰知天下之正色哉？」原指女子雖美，魚鳥不會欣賞，魚入深水，鳥兒高飛。
《西遊記》第九回：「真個有沉魚落雁之容，閉月羞花之貌。」

秀色可餐

⊙形容女子美若天仙。

今晚的夜色美極了。

簡直可以用「秀色可餐」來形容。

嘻嘻！你好壞！

月光映在你臉上更顯出你的青春。

噢！你真會說話。

是你的青春痘使我想起紅豆冰。

你是說我的小櫻桃嘴很性感嗎？

出處　《南部煙花錄》：「隋煬帝幸御女吳絳仙，謂內侍曰：『古人謂秀色可餐，若絳仙者，可以療飢矣。』」餐，當動詞，吃。絳，音ㄐㄧㄤˋ。

眉飛色舞
ㄇㄟˊ ㄈㄟ ㄙㄜˋ ㄨˇ

⊙形容非常得意的表情。

黑道大哥
提起江湖
往事——

想當年…

蛙鳴第一名

典獄長！

真是夠狼！說得眉飛色舞！

我血戰十人！

一槍！一個！砰！砰！

您最狠！

槍斃犯人，一次十個！

想當年…我…

出處

語出《官場現形記》第一回：「王鄉紳一聽此言，不禁眉飛色舞。」用來比喻喜悅或得意之神態。
色：臉色。

面有菜色
ㄇㄧㄢ ㄧㄡˇ ㄘㄞˋ ㄙㄜˋ

⊙因為營養不良或久病而面色青黃。

金小姐，你怎麼面有菜色？

銀先生，你怎麼也是面有菜色呢？

我在減肥，每天只喝開水。

因為我的公司在減肥！

所以我被「減」掉啦！

出處　《漢書・元帝紀》：「歲比災害，民有菜色」。連年遇到許多災害，人民都飢餓得臉色青黃。形容一個人因為營養不良或久病，而臉色青黃。

神氣活現
ㄕㄣˊ ㄑㄧˋ ㄏㄨㄛˊ ㄒㄧㄢˋ

⊙形容態度傲慢，不可一世的樣子。

吧 吧 吧 吧

咦吧

我今天得了第一名！

你是英雄！

你是偶像！

皮皮好厲害！

圍棋第一名！

嗯哼。

什麼第一呀？

兩組比賽一組缺席，你當然是第一囉！

您就不能讓我神氣活現一下嗎？

咎由自取。

出處

《茅盾選集・委屈》：「要不是他們神氣活現說『查得到』，那她乾脆就去縫製新的了。」
形容一個人的態度傲慢、得意洋洋的樣子。與「趾高氣揚」同。也形容人或物生氣勃勃的狀態。

130

國色天香 ㄍㄨㄛˊ ㄙㄜˋ ㄊㄧㄢ ㄒㄧㄤ
⊙形容嬌豔的女子。

出處 形容女人或牡丹花的美麗，為一國之首。
《摭異記》：「太和中，內殿賞花。上問程修己曰：『今京邑傳唱牡丹詩，誰稱首？』對曰：『中書舍人李正封，詩云：『國色朝酣酒，天香夜染衣。』上歎賞花移時。』移時，片刻時間。

⊙形容女子的美艷。

傾（ㄑㄧㄥ）國（ㄍㄨㄛˊ）傾（ㄑㄧㄥ）城（ㄔㄥˊ）

那位姑娘真是「婀娜多姿」、「含苞待放」。

「沉魚落雁」、「閉月羞花」，真是「傾國傾城」之美貌！

啊！她對我「含情脈脈」使我「想入非非」……

官爺，您再看下去，真的要傾城啦！

北門

出處

《漢書・外戚孝武李夫人傳》：「北方有佳人，絕世而獨立，一顧傾人城，再顧傾人國。」傾，傾覆滅亡。劉廷芝〈公子行〉：「傾國傾城漢武帝，為雲為雨楚襄王。」《西廂記》〈張君瑞鬧道場〉：「小子多愁多病身，怎當他傾國傾城貌。」

腦肥腸滿

⊙形容人大腹便便、肥頭大耳的樣子。

出處 形容生活優裕，終日無所事事，徒具壯碩外表的人。腸肥：指身體肥胖。語出《北齊書·琅邪王儼傳》：「琅邪王年少，肥腸腦滿，輕為舉措。」

滿（ㄇㄢ）面（ㄇㄧㄢ）春（ㄔㄨㄣ）風（ㄈㄥ）

⊙形容一個人臉上露出喜氣洋洋的神情。

啲！滿面春風，什麼事這麼高興？

失主也誇我是個好心人。

我也撿到一個皮包，

她誇我是個好青年。

撿到一個皮包，還給了失主。

丟了兩次竟然都被撿回來！

真巧！我的也是！

我撿到皮包的失主是個俏妞。

 出處 杜甫詩〈懷詠古跡〉：「畫圖省識春風面，環珮空歸日夜魂。」春風面，原喻美貌。今此語多用以形容人喜形於色，得意萬狀的樣子。亦作「春風滿面」。

我的美，世間僅有。

顧影自憐

ㄍㄨˋ ㄧㄥˇ ㄗˋ ㄌㄧㄢˊ

⊙形容人喜歡自己的外貌。或形容人面對自己的身世而感到悲傷。

我的三圍魔鬼也瘋狂！

我的豔驚世絕倫！

天天面對醜八怪，我才噁心！

你們少在我面前顧影自憐了！

出處　《晉書‧何晏傳》：「粉白不去手，行步自顧影。」憐，可做喜愛或悲傷解釋。

八面威風

⊙形容人神氣十足的樣子。

一代劍王技壓群雄，八面威風。

是誰在嘆氣？

今天劍王大請客！

各路英雄好漢！

老闆娘八面威風。

喂！沒錢就賣劍！

吃喝的帳單令我頭痛！

明太祖與徐達乘小舟渡江。舟子歌曰：「聖天子六龍護駕，大將軍八面威風。」見董穀《碧里雜存》。多用以比喻威勢廣大。

⊙形容人的服裝
儀容很整齊。

衣冠楚楚
的大劍俠。

衣冠楚楚
的大文豪。

衣冠楚楚的大幫主。

我是丐大幫幫主。

滿是補丁的髒袍也敢稱「衣冠楚楚」？

出處 原作「衣裳楚楚」，楚楚，鮮明的樣子。用以形容人服裝光鮮整齊。語出《詩經・曹風・蜉蝣》：「蜉蝣之羽，衣裳楚楚。」

臧懋循《元曲選後序》：「而關漢卿輩至躬踐排場，而傅粉墨。」

粉墨，演戲時的化妝用品，此做動詞用，即妝扮。登場，登上舞台演戲。可用來指化妝上台演戲，也可引申比喻擔任某一工作、角色，在眾人的注目中，承擔任務。

溫文爾雅 ㄨㄣ ㄨㄣ ㄦˇ ㄧㄚˇ

◎形容舉止高雅，學養豐富的人。

蘇東坡溫文爾雅，備受人尊崇。

我蘇北坡不落人後，也能作詩。

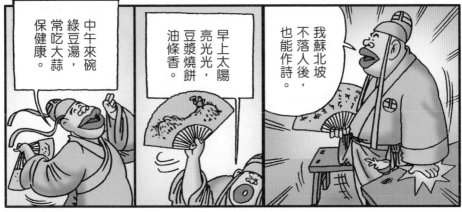

早上太陽亮光光，豆漿燒餅油條香。

中午來碗綠豆湯，常吃大蒜保健康。

如何？

很有意境吧！

討厭！

討厭！

你們都「聞文」而啞啦！

出處

溫文：溫和有禮貌。爾雅，舉止端正文雅。

清‧蒲松齡《聊齋志異‧陳錫九》：「此名士之子，溫文爾雅，烏能作賊？」

蓬頭垢面
ㄆㄥ ㄊㄡˊ ㄍㄡˋ ㄇㄧㄢˋ
◎形容外表非常髒亂。

如果台北市一年不下雨，沒有半滴水……

市民們個個蓬頭垢面。

「蓬頭垢面」的車頂上，灰塵厚得可以種菜。

哇！這時候還有觀光客？

我是市長!!

蓬頭垢面

台北市政府　停水

出處 蓬，音ㄆㄥˊ。垢，音ㄍㄡˋ。蓬頭，頭髮散亂如蓬草。垢面，臉上骯髒。形容一個人的外表非常髒亂。語出《魏書‧封軌傳》：「君子整其衣冠，尊其瞻視，何必蓬頭垢面，然後為賢？」

濃妝豔抹

ㄋㄨㄥˊ　ㄓㄨㄤ　ㄧㄢˋ　ㄇㄛˇ

⊙形容女子盛服豔裝。

赴宴的貴夫人，個個濃妝豔抹。

哇——！全裂——！？

地震啦！！

貴夫人臉上的厚粉！

哪裡有裂掉？

牆壁都好好的呀！

形容女子臉部刻意妝扮得很豔麗。語見元・王子一《誤入桃源》「一個個濃妝豔裹，一對對妙舞輕歌。」

顧盼生姿

《ㄍㄨ》《ㄆㄢˋ》《ㄕㄥ》《ㄗ》

◎形容一個人的神采、動作
呈現無比美好的風姿。

維納斯也自嘆
弗如的眼眸。

性感的唇。

飄逸的
秀髮。

真是顧盼
生姿！

可惜身
材比例
差了一
些。

出處 顧,回首。盼,注目。顧盼,指人的舉止動作。語出《文選‧嵇康‧贈秀才入軍》詩:「凌厲中原,顧盼生姿。」用以比喻雙目秀麗傳神,回首注目間,都有無限的風姿。

心 _{ㄒㄧㄣ} 廣 _{ㄍㄨㄤˇ} 體 _{ㄊㄧˇ} 胖 _{ㄆㄢˊ}

⊙心裡快樂，身體就會肥胖起來。

出處 《禮記‧大學》：「富潤屋，德潤身，心廣體胖；故君子必誠其意。」
胖，音ㄆㄢˊ，朱注：「安舒也。」喻內心坦然無憾，身體自然安適康泰。

冰肌玉骨

◎形容女性皮膚白皙光潤。

傳說蝴蝶夫人
長得國色天香，
冰肌玉骨。

皮膚光滑
得連蒼蠅
停在上面
都會滑落。

啊！
蒼蠅在我
皮膚上滑
倒了！

耶！

本小生也是
冰肌玉骨！

我們是被你的
汗臭薰昏的！

出處 形容女性肌膚晶瑩剔透、潔白光潤，也用以形容梅花耐寒，經霜愈傲的精神。語出蘇軾〈洞仙歌〉：「冰肌玉骨，自清涼無汗。」

血氣方剛

ㄒㄧㄝˇ ㄑㄧˋ ㄈㄤ ㄍㄤ

⊙形容精力旺盛容易衝動，喜好逞強爭鬥。

慢吞吞的！烏龜散步嗎？

血氣方剛，山路也在飆車！

POLOMMM

啦！的血氣也太衝哇！你

我騎腳踏車撞飛機！

鬼門關

你這麼小也超速嗎？

超速車禍

出處

用以指稱人年輕氣盛，感情容易衝動。語出《論語·季氏篇》：「及其壯也，血氣方剛，戒之在鬥。」

弱ㄖㄨㄛˋ
禁ㄐㄧㄣ
不ㄅㄨˋ
風ㄈㄥ

⊙形容身體
衰弱，風一
吹就要倒的
樣子。

這個士兵
骨瘦如柴，
弱不禁風。

找他來
能幹什
麼？

乘紙鳶飛
到城外去
請救兵。

果真
成功
啦！

剛才那位
骨瘦如柴
的士兵人
呢？

刮起一陣大風，
人不知給吹到
何方了！

 出處

禁，讀ㄐㄧㄣ，承受的意思。

唐・杜甫〈江雨有懷鄭典設詩〉：「亂波紛披已打岸，弱雲狼藉不禁風。」

窈 窕 淑 女

一ㄠˇ　ㄊㄧㄠˇ　ㄕㄨˊ　ㄋㄩˇ

⊙用以稱揚有好德行、好容貌的年輕女子。

珍珍是大家心目中的窈窕淑女。

美麗的臉上永遠充滿著甜甜的笑容。

談吐高尚、動作優雅、禮貌周到。

請！

對不起！

你！謝謝

但是遇到打折大搶購，她就破功啦！

破功啦！

閃開！！

閃開！！

名牌皮包 2折

名牌皮包 2折

名牌皮包

出處 窈窕：美好。淑：美善、嫻雅。用以形容美麗又有德行的女子。語出《詩經‧周南‧關雎》：「窈窕淑女，君子好逑。」

 指人的身材短小卻精明強悍。也用來形容文章、言論簡短而有力。語出司馬遷《史記·游俠列傳》：「（郭）解為人短小精悍。」

皇上來了！

你們搔首弄姿的樣子真可愛。

皇上好！

皇后也在搔首弄姿取悅本王。

我在捉跳蚤咬你這個大頭！

 語出《後漢書·李固傳》：「大行在殯，路人掩涕。固獨胡粉飾貌，搔頭弄姿。」原指整理頭髮修飾容貌，後形容賣弄姿態。

150

那個賣火柴的女孩長得楚楚可憐。

⊙長得纖細柔弱，惹人憐愛。

楚楚可憐

她肚子會餓嗎？

她穿得夠暖和嗎？

她有熱水洗澡嗎？

她有上學嗎？

看得真令人心疼。

這麼小就看出來賺錢。

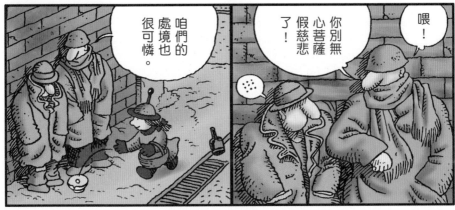

咱們的處境也很可憐。

你別無心菩薩假慈悲了！

喂！

出處 《世說新語‧言語篇》：「松樹子非不楚楚可憐，但永無棟梁用耳。」小松樹雖然纖細，討人喜愛，但無法成為棟梁。楚楚，纖細柔弱的樣子。可憐，惹人憐愛。

體無完膚

⊙形容被人攻擊得一無是處。

拳王路易號稱是「鼻樑終結者」。

BON!

他在拳賽中把對手打得體無完膚。

慶祝勝利！

乾杯！

拳王出車禍啦！

「體無完膚」向「體無完骨」致敬！

 出處　《世語》（《三國志・卷二八・魏書・王毋丘諸葛鄧鍾傳・鄧艾》裴松之注引）：「師纂亦與艾俱死。纂性急少恩，死之日體無完皮。」
比喻某人、物遭受嚴重的傷害，面目全非。也比喻被人批判駁斥，全面否定。

天地自然篇

天地萬物瞬息變，滄海明月照人間。

山（ㄕㄢ）窮（ㄑㄩㄥˊ）水（ㄕㄨㄟˇ）盡（ㄐㄧㄣˋ）

．人或事窮困到極點，一無所有或走投無路。

真是山窮水盡。

想不到我小刀魔落到三餐不繼。

末

想當年向師父誇下海口要名揚江湖！

唉！罷了！

萬事皆空，出家為僧吧！

師父？

我早已山窮水盡、靠佛度日啦！

住持，請收留我吧！

你我真是有緣！

 出處　用以比喻窮困至極，陷入絕境。窮，盡。山和水都到了盡頭，前面無路可走。
語出《官場現形記》四十七回：「及至山窮水盡，一無法想，然後定他一個罪名。」

不毛之地
ㄅㄨˋ ㄇㄠˊ ㄓ ㄉㄧˋ

⊙比喻貧瘠
不能耕種作
物的土地。

你們挖地
做什麼？

我們要
自己種
蔬菜。

呵呵！
傻徒弟。

這種不毛
之地是種
不活的。

就像
您的
光頭長大
不出毛
嗎？

沒禮貌！
不可以用
「不毛之
地」來形
容師父。

你可以形
容他是
「長著茂
盛頭皮屑
的光亮大
蛋頭」。

HAHAHA

出處

《公羊傳・宣公十二年》：「君如矜此喪人，錫之不毛之地。」
矜，音ㄐㄧㄣ，憐憫。喪人，戰敗之人自貶如已喪亡之人。錫，同「賜」。
《故事成語考地輿》：「磽地曰不毛之地。」磽，音ㄑㄧㄠ，土地堅硬貧瘠，不利耕種。

出處

疆域闊狹叫幅，周圍叫員。所以稱國家的疆域叫幅員。《詩經·商頌·長發》：「大國是疆，幅隕是長。」傳：「幅，廣也。」隕，同「員」。意思是指一國的疆域廣大。

156

出處　用以比喻炎夏之時，烈陽高掛，天氣熾熱。語出韓愈，〈遊青龍寺贈崔太補闕詩〉：「光華閃壁見神鬼，赫赫炎官張火傘。」炎官，指火神。

157

自然篇

赤（ㄔˋ）地（ㄉㄧˋ）
千（ㄑㄧㄢ）里（ㄌㄧˇ）

⊙形容大災難
以後景況荒涼
的樣子。

今夏鬧大旱，真是赤地千里。

快將這情景入京稟告皇上。

啊！「赤地千里」？

紅色土地最肥沃了，應該叫當地百姓繳糧進貢。

昏君！我和你拚啦！！！

別怒！忠臣，朕立刻就去惡補成語！

出處　《史記・樂書》：「晉國大旱，赤地三年。」
《後漢書・南匈奴傳》：「連年旱蝗，赤地數千里。」赤地，形容地面寸草不生、大旱時的荒涼景況。

158

物競天擇

ㄨˋ ㄐㄧㄥˋ ㄊㄧㄢ ㄗㄜˊ

⊙各種生物為生存而互相競爭，優者生存，劣者被淘汰的現象。

在大自然的環境裡，「物競天擇」是絕對的自然法則。

大魚吃小魚，小魚吃蝦，蝦……弱肉強食……

不對呀！師父！

所有的魚都死光啦！

竟然在河裡毒魚！

你有本事就公平競爭吧！

食人魚

出處

「物競天擇，適者生存」出自英國生物學家達爾文的進化論，強調生物進化的現象，是適者生存，不適者淘汰。

浮光掠影

（ㄈㄨˊ ㄍㄨㄤ ㄌㄩㄝˋ ㄧㄥˇ）

⊙比喻見識膚淺或印象不深刻。

嗚～連續劇好感人！

這種浮光掠影的東西有什麼好看？

啊！九點了，還沒做晚飯？

這種「浮光掠影」的事有什麼好叫的？

我肚子餓！我要吃飯！

出處　浮光：水面上的反光。掠影：一閃而過的影子。比喻一晃就過去，印象不深；或思想內容，空泛膚淺。語見唐‧褚亮〈臨高台詩〉：「浮光隨日度，漾影逐波深。」

160

鬼斧神工
◎比喻極為精巧的技藝。

不錯！

嗯！大徒弟的石雕頗有進步。

真傳神，簡直就是鬼斧神工！

好神氣！他把我刻得

啊！竟然是真的！

討厭！我本人有這麼呆嗎？

只可惜他的自塑像太呆了一點。

出處

《莊子・達生篇》：「梓慶削木為鐻，鐻成，見者驚憂鬼神。」
比喻一個人的技藝精巧，或者一件物品非常巧妙，像是鬼神施用法力製成的。

滴_{ㄉㄧ}水_{ㄕㄨㄟˇ}穿_{ㄔㄨㄢ}石_{ㄕˊ}

⊙比喻持之有恆，再難的事也能完成。

你們師兄弟要勤加用功才能出人頭地。

俗語說得好：「滴水穿石」，只要有恆則天下無難事。

就像這塊石頭，

長年累月被水侵蝕，竟然形成一個大洞。

啟稟師父，這是大師兄的傑作。

他每天都對著這塊石頭撒尿。

出處　唐·周曇·吳隱之詩：「徒言滴水能穿石，其奈堅貞匪石心。」
《鶴林玉露地一錢斬史》：「一日一錢，千日一千；繩鋸木斷，水滴石穿。」

162

我願像小鳥一樣
在藍空飛翔。

鳶（ㄩㄢ）飛（ㄈㄟ）魚（ㄩˊ）躍（ㄩㄝˋ）

鷹在空中飛翔，魚在水
中騰躍。形容萬物放任自
然而自得其樂。

生活在自由的天地裡，
多麼快樂啊！

我願像魚兒一樣
在水中悠游。

哇！知徒
莫若師！

罰你寫
一千遍
「鳶飛
魚躍」！

你做功課的
姿勢是這樣
子的嗎？

出處

《詩經‧大雅‧旱麓》：「鳶飛戾天，魚躍于淵。」戾，ㄌㄧˋ，至也。詩經原來只叫做「詩」，或
「詩三百」，或「三百篇」。到了戰國晚年，才和易、書、禮、春秋等被儒家尊稱為「經」，為我
國最早的詩歌總集，內容包含西周初年到春秋中葉的民間歌謠、士大夫作品和祭祀的頌辭。

吟詩作詞要有靈感。

⊙比喻事物短暫出現，很快就消失。

嗯

我突然有好多靈感！

稍縱即逝，要及時掌握！

靈感來時有如曇花一現。

太吵啦！花又縮回去了！

加油！加油！

大師兄好棒！

出處 曇花：印度梵語「優曇缽花」的簡稱。按佛教傳說，只有輪轉王出世，優曇缽花才會出現。比喻事情不常見，或事物存在的時間極短，很快就消逝了。語出《妙法蓮花經》：「佛告舍利佛。如是妙法，諸佛如來，時乃說之，如優曇缽華（花），時一現耳。」

ㄐㄧㄡˇ ㄏㄢˋ ㄍㄢ ㄌㄧㄣˊ

久旱甘霖

⊙比喻盼望已久的事物終於得到

久旱不雨地裂土荒
祈求海龍王普降甘
霖滋潤大地吧！

神蹟顯
現啦！

啊！真的
下雨了！

長眉師父
真是本城
百姓的活
菩薩。

太多囉！
陸可行舟
了，請快施
法停雨吧！

對不起，
我只補了
上半學期，
還沒教到
「停雨法」。

出處　宋‧洪邁〈容齋隨筆四喜詩〉：「舊傳有詩四句，誦世人得意者云：『久旱逢甘霖，他鄉遇故知，洞房花燭夜，金榜掛名時。』」甘霖，及時而降的雨水，特別甘美。

驚（ㄐㄧㄥ）
濤（ㄊㄠ）
駭（ㄏㄞˋ）
浪（ㄌㄤˋ）

⊙比喻局勢相當危險。

外星恐龍出現
在台北市！

驚惶失措的市民
們，宛如處在驚
濤駭浪當中……

一位勇敢的童子
軍挺身而出——

恐龍先
生！

您需要
幫助嗎？

他想問大家，
台北哪一家素
菜館最好吃？

喔
！

好
的
！

我
為
您
服
務
！

出處　原指洶湧的風浪，用以比喻危險的局勢或突來的重大打擊。濤，音ㄊㄠˊ，又音ㄊㄠ，指大的波浪。語出《文選郭璞江賦》：「駭浪暴灑，驚波飛薄。」

龍（カメン）潭（たㄢ）虎（ㄏㄨˇ）穴（ㄒㄩㄝˋ）

⊙比喻極為凶險的地方。

我們是打擊魔鬼突擊隊！

有人報案，松山發生劫機！

再危險的龍潭虎穴，我們也能完成任務！

我只不過是劫一隻雞而已嘛！

發動突擊！

出處 龍潭，龍所潛藏的深潭。虎穴，老虎所居處的洞穴。可用以比喻凶險之處，或比喻英雄豪傑聚集之處。語出《兒女英雄傳》第十九回：「要離了這龍潭虎穴。」

168

山海關龍蟠虎踞。

⊙龍（ㄌㄨㄥˊ）蟠（ㄆㄢˊ）虎（ㄏㄨˇ）踞（ㄐㄩ）

比喻地勢險要而雄偉。

它是古代的軍事重地。

皮皮，請你舉一個龍蟠虎踞的例子。

蜥蜴老師的講台龍蟠虎踞！

想溜出去吃冰棒立刻被逮到！

 出處 如龍盤據，老虎蹲踞。多用來形容地勢雄壯險要，也比喻英雄豪傑睥睨世事的樣子。語出宋‧李昉《太平御覽》卷一五六：「秣陵地形，鍾山龍蟠，石城虎踞，此帝王之宅。」

出 **處** 連一株小草也不留下來，比喻趕盡殺絕或毀壞殆盡。語出施耐庵《水滸傳》第八十八回：「若不如此，吾引大兵一到，寸草不留！」

出處

清‧李汝珍《鏡花緣》：「又命摧花使者，往來保護，以期含苞吐萼之時，加之呈妍。」
苞，音ㄅㄠ。含苞，未開的蓓蕾。用來比喻已屆青春年華的少女，像一朵飽滿快要開放的花蕾一樣。

成語字謎 4

難度 ★★★☆

親愛的讀者們，用功讀書，也要適時休息一下唷！現在就再來做點小測驗，輕鬆一下吧！下頁的表格，共有11組成語缺了字，請大家動動腦，一起再把缺字補起來吧！

下方有提示喔！

提示：

 直

1. 形容故意賣弄風情。
2. 比喻氣勢浩大的樣子。
3. 連一點小草都不存留，比喻消滅殆盡。
4. 形容人臉色不佳如青菜的顏色。
5. 形容災荒後寸草不生的景象。
6. 龍虎等猛獸藏身的窩巢，比喻凶險之地。

 橫

七. 左右環顧，目光閃亮動人。
八. 比喻心情很喜悅。
九. 形容女子容貌非常美麗。
十. 比喻荒涼的土地。
十一. 形容地形險要。

（這些成語還練得夠多了嗎？別忘記的解答團練對照的遊戲可在P122-171哦！先記的謎別擔心再練習一下吧！）

答案：1.賣弄風姿、2.氣勢磅礡、3.寸草不留、4.面有菜色、5.赤地千里、6.龍潭虎穴、7.顧盼生姿、8.滿面春風、9.秀色可餐、10.不毛之地、11.龍蟠虎踞。

生命篇

生老病死必經路，襁褓轉眼到遲暮。

○老年人生命就像風中燭火，隨時都會熄滅。

風燭殘年

出處 《古樂府・怨歌行》：「百年未幾時，奄若風中燭。」風中的燭火很容易就熄滅。比喻老年人剩下來的日子不多，隨時都可能去世。

生命篇

雞皮鶴髮
ㄐㄧ ㄆㄧˊ ㄏㄜˋ ㄈㄚˇ
⊙形容老年人蒼老的外貌。

南極仙翁是雞皮鶴髮的老公公。

我是嫩皮黑髮的哪吒三太子。

雷母也是雞皮鶴髮的老婆婆。

哇!檸檬皮、雞蛋髮的妖怪!

去瞧瞧鐵扇公主長得什麼模樣?

 皮膚皺如雞皮,頭髮白如鶴羽。用來形容老人白髮蒼蒼、滿臉皺紋的樣子。語出庾信〈竹杖賦〉:「鶴髮雞皮。」唐玄宗〈傀儡吟〉:「刻木牽絲作老翁,雞皮鶴髮與真同。」

寶刀未老

⊙年紀雖然大了，可是精神和能力仍然很好。

90 YEAR'S

出處

寶刀，稀有而珍貴的刀。用以形容人雖年老，然精力功夫未退。
唐·李華，《蒂古戰場文》：「白刃交兮寶刀折。」

含笑九泉
ㄏㄢˊ ㄒㄧㄠˋ ㄐㄧㄡˇ ㄑㄩㄢˊ

⊙表示死得安祥，沒有什麼遺憾。

你們兄弟倆要和睦相愛，我才會死得安心！

遺產一人一半，你休想獨吞！

老頭子死了，我就是老大！

老爸您瞑目吧！我會幫您照顧財產的。

在我沒氣死前先教訓兩個不肖子！

別說是「含笑九泉」，我看能：「含笑半泉」就不錯了。

唉！我還沒死就在爭了。

出處
《後漢書·韓韶傳》：「以此伏罪，含笑入地矣。」
《鏡花緣》第三回：「我兒前去，得能替我出得半臂之勞，我亦含笑九泉。」
九泉，古以為地有九重，為人死所居之所，故以九泉稱陰間地下。

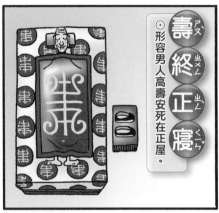

壽終正寢

ㄕㄡˋ ㄓㄨㄥ ㄓㄥˋ ㄑㄧㄣˇ

⊙形容男人高壽安死在正屋。

張老爺昨天過世，「壽終正寢」享年九十九。

我的朋友小寶也在昨天死掉了！

年紀輕輕就亡故了，是發生意外嗎？

他是天折！死有餘辜！

他是天折！死有餘辜！

他吸毒又喝醉，開快車撞上了火車。

出處 《舊唐書‧李元愷傳》：「元愷年八十餘，壽終。」

壽終，壽命終了。正寢，居室的正屋。形容人安死於正屋，通常係指男子高壽而死。女子高壽而死則稱「壽終內寢」。內寢，婦人所居之內室。

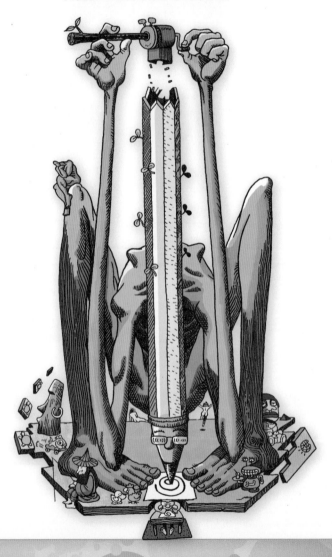

**總結
模擬考**

本書中共收入「感受篇」、「生活篇」、「求學篇」、「外貌形態篇」、「天地自然篇」和「生命篇」共六種不同分類的成語共一百六十六則。現在，就讓我們來做幾個小測驗，看你能不能確定掌握，每個成語正確的使用時機吧！

同義成語連連看

請把下列成語的解釋
寫在成語下方，
並把意思相近的成語
用「──」相連。

入不敷出 •

不寒而慄 •

沉魚落雁 •

披星戴月 •

七上八下 •

• 傾國傾城

• 如坐針氈

• 馬不停蹄

• 寅吃卯糧

• 毛骨悚然

同義成語連連看

看到答案有沒有恍然大悟啊？快依照答案下方的頁碼指示，重新復習一次吧！別忘了復習完後沿著答案頁的虛線再做答一次，加深記憶唷！

解答

入不敷出
（見P79）

傾國傾城
（見P132）

不寒而慄
（見P39）

如坐針氈
（見P23）

沉魚落雁
（見P126）

馬不停蹄
（見P57）

披星戴月
（見P60）

寅吃卯糧
（見P81）

七上八下
（見P21）

毛骨悚然
（見P40）

反義成語連連看

請把下列成語的解釋寫在成語下方，並把意思相反的成語用「←→」相連。

富麗堂皇	衣香鬢影
衣冠楚楚	不毛之地
形容枯槁	蓬頭垢面
世外桃源	六親不認
銘感五內	家徒四壁

反義成語連連看

看到答案有沒有恍然大悟啊？快依照答案下方的頁碼指示，重新復習一次吧！別忘了復習完後沿著答案頁的虛線再做答一次，加深記憶唷！

富麗堂皇
（見P69）

衣冠楚楚
（見P137）

形容枯槁
（見P125）

世外桃源
（見P167）

銘感五內
（見P15）

衣香鬢影
（見P71）

不毛之地
（見P155）

蓬頭垢面
（見P140）

六親不認
（見P27）

家徒四壁
（見P80）

時報漫畫叢書 FT843

漫畫中國成語 2

作　者——敖幼祥
主　編——何曼瑄
責任編輯——李振豪
整理校對——黃蘭婷
成語審訂——黃金美
字謎設計——佛洛阿德
美術設計——溫國群 lucius.lucius@msa.hinet.net
執行企劃——鄭偉銘

總　編　輯——林馨琴
董　事　長——趙政岷
出　版　者——時報文化出版企業股份有限公司
　　　　　　台北市 108019 和平西路三段二四〇號三F
　　　　　　客服專線——(〇二)二三〇四—七一〇三
　　　　　　(如果您對本書品質有任何不滿意的地方，請打這支電話)
　　　　　　郵撥——一九三四四七二四 時報文化出版公司
　　　　　　信箱——10899臺北華江橋郵局第九九信箱
時報悅讀網——www.readingtimes.com.tw
電子郵件信箱——newlife@readingtimes.com.tw
時報出版愛讀者——http://www.facebook.com/readingtimes.2
法律顧問——理律法律事務所 陳長文律師、李念祖律師
印　刷——華展印刷有限公司
初版一刷——二〇一〇年十二月十七日
初版八刷——二〇二三年一月十八日
定　價——新台幣二八〇元

漫畫中國成語2 / 敖幼祥著. -- 修訂初版. --
臺北市 : 時報文化, 2010.12　冊 ;　公分
ISBN 978-957-13-5274-9(第1冊 : 平裝)
ISBN 978-957-13-5313-5(第2冊 : 平裝)

1.漢語 2.成語 3.漫畫

802.183　　　　　　　　　99016519

ISBN 978-957-13-5313-5
Printed in Taiwan